rowohlt
BERLIN

Für Eleonora
und Thomas
ganz herzlich,
Katerina

Katerina Poladjan

In einer Nacht, woanders

Roman

Rowohlt · Berlin

1. Auflage September 2011

Satz aus der Apollo PostScript, InDesign,
bei Pinkuin Satz und Datentechnik, Berlin
Druck und Bindung CPI – Clausen & Bosse, Leck
Printed in Germany
ISBN 978 3 87134 717 7

Für Nastja und Viktor

Der Flug hat drei Stunden Verspätung, und ich rechne nicht mehr damit, noch zu fliegen. Ich solle kommen, schnell kommen. Sonst würde das Haus verkauft, stand in dem Brief, und das könne ja nicht sein, es sei doch meine Kindheit. Was wissen die über meine Kindheit, habe ich gedacht und nicht geantwortet. Es ist ein Haus. Es ist Holz, Stein und Glas. Weiter nichts, habe ich gedacht. Es ist der Garten mit den albernen Birken und ein Teich, in dem eines meiner Kaninchen ertrunken ist. Dann, einige Tage nach dem Brief, der Anruf von Pjotr. Pjotr, der mit dem Hängeauge. Kommst du? Ich hörte, wie seine Stimme zitterte, und sagte ja.

Das Haus ausräumen. Ich soll das Haus ausräumen und verkaufen, denke ich. Wie soll das gehen? Ich habe keine Ahnung, wie man ein Haus verkauft. Ich lebe in einer kleinen Wohnung. Ich zahle jeden Monat meine Miete und habe sonst keine Verpflichtungen. Jetzt soll ich ein Haus ausräumen, in dem zwei Familien Platz hätten, wenn sie zusammenrücken würden. Das Haus, in dem ich meine Kindheit verbracht habe. Mit der Veranda, auf der mein rotes Pferd stand, in der Ecke neben der Holzbank. Ich soll auf den Dachboden gehen, wo ich das letzte Mal mit neun oder zehn Jahren gewesen bin. Dorthin, wo der kleine grüne Mann wohnt. Unter der Dachluke hatte ich ihm ein Bett gemacht aus Watte und Blättern. Mit ihm habe ich die wichtigsten Dinge besprochen. Ich saß auf den Dielen, es roch nach verbranntem Holz, und ich malte mir aus, wie ich im Alter an einem Ort mit heißen Quellen leben würde. Ich dachte, du hättest mich vergessen, sagte er jedes Mal beleidigt, wenn ich einige Tage nicht oben war. Er war sehr klein, sein Kopf passte in eine Walnuss. Er sei ein gebrochener Mann, sagte er. Ich habe ihn getröstet und ihm versichert, dass ich es sei, die viel zu groß geraten ist. Dafür verlangte er einen Beweis. An deinem Geburtstag, versprach ich ihm. Zum Glück konnte er sich nicht erinnern, wann er Geburtstag hatte.

Jetzt sitze ich im Flugzeug, erinnere mich, dass meine Großmutter immer sagte, die russische Fluggesellschaft sei die beste. Aeroflot ist sicher, und es gibt gutes Essen, sagte sie. Neben mir sitzt ein dicker Mann mit der zufriedenen Miene eines Bäckers, dem die Brötchen besonders gut gelungen sind. Sein Blick wechselt unaufhörlich zwischen dem kleinen Anschnallzeichen über dem Sitz und dem großen, rosa geschminkten Mund der blonden Stewardess. Sie lächelt ihm aufmunternd zu, und er gibt das Lächeln an mich weiter. Ein dummes Spiel unter erwachsenen Menschen, die sich nicht einfach bei der Hand nehmen können.

Draußen ist es stürmisch, und die Stewardess verteilt mit der Beharrlichkeit des Tapferen Zinnsoldaten Bonbons, die mich an die roten Hähne erinnern, rote

Lutscher, die es an einem Stand am Ulitzki-Prospekt gab, dort, wo meine Großmutter arbeitete. Rote Zuckerhähne, die eine alte Zigeunerin verkaufte. Jedes Mal, wenn ich mit meiner Großmutter an diesem Stand vorbeiging, wünschte ich mir so einen Hahn. Und jedes Mal erzählte mir meine Großmutter die Geschichte von den schmutzigen Zigeunern, die in der gusseisernen Wanne zuerst ihre Füße waschen, um dann in derselben Wanne den Zucker für die Hähne zu schmelzen. Es sei ein Ritual, mit dem sich die schmutzigen Zigeuner an den weißen Russen rächten.

Das habe ich nicht verstanden, aber ein anderes Kind hätte es auch nicht verstanden. Irgendwann habe ich so einen Hahn in einem Mülleimer im Park entdeckt. Ich habe ihn in meinen Schal gewickelt und später im Bett gegessen. Ich versuchte, dabei keine Geräusche zu machen, weil meine Großmutter nebenan vor dem Fernseher saß. Sie schaute Eiskunstlauf. Damals wurden Irina Rodnina und ihr Partner, der im Haus meiner Großmutter nicht namentlich erwähnt wurde, weil es hieß, er wäre besser Koch geworden, Olympiasieger. Manchmal hockte ich bei ihr auf dem braunen Cordsofa und stellte mir vor, dass ich später auch Eiskunstläuferin sein würde. In einem Tüllkleid, das aussieht wie eine Torte. Du hast zu kurze Beine für den Eiskunstlauf, sagte meine Großmutter, als ich ihr von meinem Wunsch erzählte. Du darfst dich nicht immer nur im Schlitten ziehen lassen. Du musst laufen und deine Beine trainieren. Vielleicht wachsen sie noch, deine

Mutter hat auch lange Beine. Aber ich glaubte so fest an meinen internationalen Durchbruch, dass ich mich trotzdem im Schlitten ziehen ließ.

Mein Schlitten sah aus wie ein kleiner Thron. Auf dem Holz lagen Robbenfelle. Sogar die Lehne war mit Fellen gepolstert. Wie eine aufgeblasene kleine Königin saß ich darin und beobachtete den Hintern meiner Großmutter, der vor mir hin und her wippte. Meine Großmutter hatte einen sympathischen Hintern. Rund und ohne Ritze. Ich stellte mir vor, dass er nach Mottenkugeln roch. Als ich ihr das einmal sagte, hat sie nur die Augenbrauen nach oben gezogen. Sie sah meistens jung und streng aus, auch den beleidigten Zug um den Mund hatte sie fast immer. Nur wenn Männer in der Nähe waren, egal welchen Alters, blühte sie auf. Ihre Stimme wurde laut, ein wenig schrill, und sie fingerte in ihrer Handtasche nach der Zigarettenschachtel. Ich mochte es nicht, wenn sie rauchte. Es sieht schick aus, sagte sie. Graziöse Trägheit. Es gibt Frauen, denen steht es, und es gibt Frauen, die sehen mit Zigarette nur blöd aus. Vulgär und blöd, wie die Tanja. Es hat mit einer allgemeinen Sorglosigkeit zu tun, sagte sie. Auch das habe ich nicht verstanden. Ich habe weggesehen und gewartet, dass die Männer wieder verschwanden.

Das Flugzeug stürzt plötzlich in ein Luftloch, und der Dicke greift panisch nach meiner Hand, hinterlässt einen dünnen Schweißfilm auf meinem Handrücken. Jetzt hätte ich Lust, eine Zigarette zu rauchen. Am liebsten sind mir Hände von alten Menschen. Haut wie Pergamentpapier. Trockenheit, die mir Zuversicht gibt. Mein Nachbar trinkt schon den dritten Rotwein. Er will mit mir anstoßen. Darf ich Ihnen etwas bestellen, fragt er auf Englisch. Ich will nein danke sagen, sage aber: Ja gern. Ich nehme noch so einen Tomatensaft. Seine Augen glänzen, und ich stelle mir vor, wie er als kleiner Junge auf einem bunten Teppich sitzt. Es hilft mir, meine Gesichtszüge zu entspannen. Vielleicht hat er Familie oder eine ernsthafte Krankheit. Er reibt sich das linke Auge und ändert umständlich die Sitzposition. Dabei rutscht sein kariertes Hemd ein wenig nach oben, und ich kann seinen Bauch sehen. Eine helle, haarige Rolle.

Ich denke über die Drehung der Erde um ihre Achse nach, sagt er. Die Erde, die sich dem Augenblick nähert, da sich entscheiden wird, ob sie sich weiterdreht oder für immer stehenbleibt. Ein regloser Ball im erkalteten Raum. Es passieren Dinge auf der Erde, und wir sind hier oben über den Wolken und können nur Mutmaßungen anstellen. Auf meinem letzten Flug nach London habe ich mir vorgestellt, dass die Maschine nicht landen kann. Alle Landebahnen waren verschwunden. Es gab einfach keine Flughäfen mehr. Verstehen Sie? Ist das nicht verrückt? Ja, das ist verrückt, denke ich und lächle höflich. Sein Englisch ist besser als meins, deshalb hoffe ich, dass er mir keine komplizierten Fragen stellen wird.

Bringen Sie mir noch so einen Wein, ruft er der Stewardess zu. Kommen Sie aus Moskau, fragt er mich.

Nein, sage ich, ich lebe in Berlin. In Berlin, wiederholt er und sieht mich anerkennend an. Eine Stadt, an die ich immer geglaubt habe. Ich habe oft in Berlin zu tun. Jedes Mal, wenn ich dort bin, besuche ich einen Freund. Ein Chinese, er hat in der Kantstraße ein kleines Restaurant. Wir haben uns in Tokio kennengelernt. Ist das nicht verrückt, ein Chinese in Tokio? Er hat da eine Schwägerin besucht. Kennen Sie Tokio? Nein, antworte ich. Berlin ist eine gute Stadt, sagt er und hat seinen Rotwein wieder zur Hälfte ausgetrunken. Ich sehe auf meine Uhr. Noch eine halbe Stunde. Erst gestern habe ich ihn besucht, spricht er weiter. Mittlerweile sieht er nicht mehr mich an, sondern sucht den Blick der Stewardess. Sie weiß, dass sie beobachtet wird, und zieht die Lippen nach. Ich schließe die Augen. Wo wohnen Sie in Berlin? Ich kenne mich ein wenig aus, sagt er und dreht sich wieder zu mir. In der Nähe der Kantstraße, sage ich. Das gibt es ja nicht! Dann kennen Sie das Lokal meines Freundes vielleicht. Es gibt dort viele asiatische Lokale, sage ich.

Wir müssen uns wieder anschnallen, und er verstummt. Seine Hände krallen sich in den Sitz. Gleich haben Sie es geschafft, höre ich mich sagen. Er reagiert nicht, macht Atemübungen. Wovor genau haben Sie denn Angst? Haben Sie Angst, dass wir abstürzen? Haben Sie Angst, allein zu sterben? So früh zu sterben? Er antwortet nicht, und von seiner Schläfe rinnt ein kleiner Bach.

Es ist dunkel geworden. Ich sehe die Lichter der

Stadt unter mir. Was ist, wenn es den Moskauer Flughafen wirklich nicht mehr gibt? Das Flugzeug wird im Dunkeln kreisen und kreisen. Verehrte Passagiere, wird der Pilot sagen, wir können in Moskau leider nicht landen und müssen nach Berlin zurückfliegen. Ich bitte dies zu entschuldigen. Es wird ein entrüstetes Stimmengewirr geben. Nur mein Nachbar wird sich umständlich erheben, einen Rotwein bestellen, der Stewardess einige schmutzige Dinge ins Ohr flüstern und laut verkünden: Sie brauchen sich gar keine Hoffnung zu machen, auch in Berlin wird es keine Landebahn mehr geben. Der richtige Zeitpunkt also, das Rauchverbot aufzuheben!

Bei uns zu Hause mussten alle im Garten rauchen. Stehen und rauchen unter Birken. Meine Großmutter veranstaltete ständig irgendwelche Feste. Ein Namenstag, das Neujahrfest nach dem alten Kalender, die Geburt eines Nachbarkindes oder ein tragischer Tod im Dorf oder im Nachbardorf – Anlässe fanden sich immer. Wie ein aufgezogener General lief sie von Zimmer zu Zimmer und gab Anweisungen an das Personal, das aus mir, Pjotr und unserem Hund Muchtar bestand. Sie konnte es nicht ertragen, unbeschäftigte Gesichter zu sehen. Von mir wurde erwartet, mit den Erwachsenen mitzulachen und zum richtigen Zeitpunkt zu gehen. Mein Zimmer war ganz hinten rechts, am Ende des Flurs, und wenn es im Winter stark geschneit hat, dann habe ich nur Weiß gesehen, wenn ich aus dem Fenster blickte. Eine Schneehöhle. Irgendwoher kam

Lachen, und später gab es Wodka, Streit, Tränen. Irgendjemand weinte immer, und irgendjemand verließ immer mit einer nervösen Notwendigkeit das Haus und schwor, nie mehr wiederzukommen. Am nächsten Morgen stand der Grießbrei schon früh auf dem Herd, und meine Großmutter hatte den beleidigten Zug um den Mund, als hätte ich sie abhalten sollen, bis tief in die Nacht zu feiern. Du musst doch nicht feiern, dachte ich. Jedenfalls nicht so oft und nicht so laut.

Als ich die Augen öffne, haben sich alle erhoben und sind dabei, ihr Handgepäck einzusammeln. So viele Stufen aus einem Flugzeug, so viel kalter Wind, so viele bunte Lichter. Wieso habe ich das Angebot abgelehnt, mich vom Flughafen abholen zu lassen, denke ich. Pjotr hat mich dreimal gefragt, er könne sich ein Auto leihen. Ich weiß nicht, warum ich abgelehnt habe. Vielleicht, weil ich nicht bei der Beerdigung meiner Großmutter war. Ich habe versucht, ihm das zu erklären, und er hat nur gesagt: Ist gut, Mascha. Jetzt muss ich die Bahn nach Bykovo nehmen. Wo der Schlüssel versteckt ist, weiß ich ja. Aber ich habe vergessen, wie groß die Stadt ist und wie kalt es hier sein kann.

Ich stehe am Gepäckband, mir gegenüber der Dicke. Er meidet meinen Blick und wartet ungeduldig auf seinen Koffer. Geld habe ich auch nicht gewechselt, denke ich. Wieso habe ich mich darauf eingelassen? Es ist nur ein Haus. Da kommt mein Rucksack. Es wäre einfacher, wenn mich jetzt jemand zum Tee erwarten würde. Tee mit viel Zucker, dazu dicke Scheiben Brot und Kochwurst. Eine Couch im Wohnzimmer, auf der ich schlafen könnte. Und viele Fragen.

Ich nehme meinen Rucksack. Ich bin kein Rucksacktyp. Normalerweise reise ich mit meinem kleinen Rollkoffer oder meiner braunen Tweedtasche, ein Erbstück von einer Großtante, aber der Koffer ist verliehen und die Tasche unauffindbar. Mit siebzehn wollte ich mit einer Freundin Europa bereisen. Dafür habe ich diesen Rucksack bekommen. Das Ticket war teuer. Bis nach Südfrankreich sind wir gefahren, dort wurde unser Zelt gestohlen. Wir haben unser Geld in wenigen Tagen ausgegeben, und meine Freundin hat sich verliebt. Ich wurde noch etwas geduldet, dann ist sie mit dem Franzosen weitergezogen. Ich fuhr wieder nach Hause, hatte kaum schmutzige Wäsche und nur vier Fotos in meiner Kamera. Vielleicht holen der Rucksack und ich unsere verpasste Europatour jetzt nach. Mein Sitznachbar ist verschwunden, schade, ich hätte gern gesehen, ob er abgeholt wird, und wenn ja, von wem. Ich gehe zum Ausgang. Da sind sie, all die Menschen mit Tee und Couch, und niemand darunter, der auf mich wartet.

Ich muss herausfinden, welcher Zug nach Bykovo fährt. Vom Bahnhof in Bykovo sind es drei Kilometer bis zum Haus, das weiß ich noch sehr genau. Aus dem Bahnhof raus, links ein kleiner Kiosk, an dem man stinkende Zigaretten und Kwass kaufen kann, und rechts das Haus von Pjotr. Die Straße hoch, dann links in Richtung Friedhof. Das Birkenwäldchen, der ausgetrocknete Teich. Auf dem Weg herumstreunende Hunde, einige sagten auch Wölfe. Ich sehe einen Touristeninformationsstand. Das ist eine Erleichterung. Hier werde ich alles erfahren, hier werde ich Geld wechseln und mich aufwärmen.

Vor mir steht ein Paar aus Kanada. Auch sie haben Rucksäcke, und sie haben eine Straßenkarte, auf der die Dame hinter dem Tresen mit ihrem spitzen, lackierten Nagel Linien zieht. Der Junge ist hübsch und könnte jede Kopfbedeckung tragen, so einer ist das, denke ich. Das Mädchen dreht sich um und lächelt mich an. Ohne zurückzulächeln, erwidere ich ihren Blick. Sie ist ungeschminkt, hat rötliche Haare und runde Stofftierglasaugen. Wir sind gleich fertig, sagt sie. Die Stadt ist so groß. Wir müssen eine Herberge finden, weil es schon so spät ist. Wenn wir Pech haben, müssen wir heute im Gorki-Park übernachten. Sie lacht über ihren Witz und guckt dann verschämt zur Seite. Das würde ich Ihnen nicht raten, sage ich und klinge wie eine Nachrichtensprecherin in den Wechseljahren. Wieso schaffe ich es nicht, freundlich zu sein, denke ich. Ich weiß, sagt sie lachend, das war ein Scherz. Der Gorki-Park muss sehr gefährlich sein. Da würden wir nicht übernachten, oder? Sie fasst ihren Freund am Arm. Ich habe nicht zugehört, sagt er und verstaut die Karte in der Seitentasche seines Rucksacks. Ich sehe, wie sie ihm etwas ins Ohr flüstert. Er dreht sich noch einmal um und küsst ihr die Stirn.

Ich habe noch ganze zwei Stunden, bis die nächste

Bahn nach Bykovo fährt. Ich wechsle Geld, kaufe mir eine Schachtel Zigaretten und gehe nach draußen. Ich lehne mich mit dem Rücken an eine Wand und blicke über den Platz vor dem Flughafengebäude. Ich sehe Fußabdrücke im frischen Schnee, Spuren von Menschen, deren Wege sich zufällig kreuzen, rauche eine Zigarette. Sie schmeckt mir nicht, sie stinkt, und ich würde lieber etwas essen. In einem Lokal sitzen mit dem kanadischen Paar und Pläne für den morgigen Tag machen. Wir könnten zusammen ins Museum gehen, ich würde ihnen meine Lebensgeschichte erzählen und die Rolltreppen in der Metro rauf- und runterfahren. Wir würden uns in die engen Züge schieben und das nasse Fell einatmen. Jedes Kind in Moskau hat sich schon einmal vorgestellt, wie es wäre, mit der Rolltreppe tief in die Erde hinabzugleiten, immer weiter. Zum blinden Maulwurf, der einen nicht gehen lassen will.

Vor mir stehen einige Taxis. Die Fahrer rauchen und hören Radio, oder sie telefonieren. Auf der anderen Seite stehen die privaten Autos, die die Fahrten entweder viel billiger oder viel teurer anbieten. Dort unterhalten sich die Fahrer, lachen laut und reiben sich die Hände. Es ist kalt, und mein Mantel ist nicht warm genug. Lange kann ich nicht mehr hier draußen bleiben. Brauchen Sie ein Taxi, ruft einer der Fahrer. Ich fahre mit der Bahn, sage ich viel zu leise. Was, ruft er wieder. Er kommt zu mir herüber. Wo müssen Sie denn hin? Ich brauche kein Taxi, sage ich und: Was würde eine Fahrt nach Bykovo kosten? Nach Bykovo, wiederholt er und pfeift wie ein indischer Straßenjunge durch die Zähne. Was wollen Sie denn in Bykovo? Da ist ein kleiner Flughafen und weiter nichts. Da war ich schon seit Jahren nicht mehr. Ich auch nicht, sage ich. Es tut gut, mit jemandem zu sprechen. Es tut gut, meine Sprache zu sprechen. Ich muss das Haus meiner Großmutter ausräumen. Ich weiß noch nicht, ob ich es verkaufen will. Ich kenne mich nicht aus, ich wohne in einer Mietwohnung, sage ich. Warum erzähle ich ihm das? Jetzt fahre ich Sie erst mal hin, sagt er und greift nach meinem Rucksack. Wie viel wird es kosten, frage ich. Nun, wir fahren bestimmt zwei Stunden, aber das müssen Sie ja wissen. Wie viel können Sie bezahlen? Ich kann Ihnen dreißig Euro geben. Er stellt den Rucksack wieder ab. Oder fünfzig. Geben Sie mir hundert, und ich fahre Sie. Ja, ist gut, sage ich und steige ein.

Im Auto riecht es nach Ei. Um diese Zeit mit der Bahn zu fahren würde ich Ihnen nicht raten, sagt er. Meine Großmutter ist immer zu dieser Zeit mit der Bahn gefahren, denke ich. Er würde gern plaudern. Ich schweige und sehe nach draußen. Sehe die Nacht in einer Stadt, die mir fremder scheint als jede andere Stadt. Die Straßen wie trübe Flüsse. Eine zähe, dunkelgraue Masse, durch die wir hindurchmüssen. Der Schnee ist woanders, sagt er. Der Schnee ist in Bykovo.

Ich denke an die kleine Wohnung meiner Eltern. Eine Zweizimmerwohnung in einem grauen Klotz. In einer Seitenstraße gab es ein Kino. Dort habe ich «Die Schneekönigin» gesehen. Bei meinen Eltern war ich zu festen Besuchszeiten. Am Samstag oder Mittwoch und nie mit Übernachtung. Es war wie ein großes Missverständnis. Meine Eltern tuschelten und wiesen sich gegenseitig an, mit mir zu spielen. Abends vor dem Essen kam meine Großmutter, um mich abzuholen. Sie war Abteilungsleiterin im Institut für Medizinisch-Biologische Probleme im geheimen Auftrag der sowjetischen Raumfahrt. Mein Vater bekam Geld, weil er sich dort als Testperson zur Verfügung stellte, und sie kauften einen Fernseher. Die Tage waren dann für uns alle erträglicher. Vormittags sahen wir Zeichentrickfilme und später Western, produziert irgendwo im Kaukasus. Warum muss ich dorthin, habe ich meine Großmutter einmal gefragt. An einem Mittwoch oder Samstag. Weil sie dich sehen müssen. Sie müssen sehen, wie du dich entwickelst, welchen Charakter du bekommst, sagte sie. Welchen Charakter du bekommst, wiederholte ich immer wieder im Kopf und sagte schließlich, vielleicht bekomme ich keinen Charakter. Sie wandte sich zu mir und sah mich empört an. Als hätte sie vergessen, was uns verbindet. Wenn du keinen Charakter bekommen willst, dann solltest du im Wald bei einer Hasenfamilie leben, sagte sie. Ich war damals sechs, und die Vorstellung, unter Hasen zu leben, erschien mir nicht realistisch. Wenn sie mich abholte, tat sie es still und mit vorwurfsvollem Blick. Mein Vater schaltete den Fernseher aus und verteilte noch rasch einige Spielsachen auf dem Fußboden.

Sehen Sie, hier hört der Matsch auf, und der Schnee

beginnt, sagt der Fahrer. Ich mag seine Hände, denke ich. Große, sehnige Hände. Eckige Finger. Der linke kleine Finger fehlt zur Hälfte. Er macht das Radio an, und eine weibliche Stimme wirbt für ein neues Restaurant, das Sushi und traditionelle russische Küche anbietet. Donnerstags gibt es Livemusik, und ab halb sechs bekommt man Cocktails zum halben Preis. Wollen Sie Radio hören, fragt er. Nein, sage ich, und er schaltet es wieder aus.

Bis nach Bykovo will ich nicht mehr atmen. Ich bin so schläfrig, dass ich kaum die Augen offen halten kann. Die Gedanken wie ungebetene, dreiste Gäste, die nicht gehen wollen, die sitzen und weitersaufen, auch wenn das Kind im Nebenzimmer schläft und jeden Moment aufzuwachen droht. Sie reden und reden und sagen Dinge, die niemand hören will. Sie erinnern mich an ein Leben, das ich hätte führen können. Sie lachen über mich und über mein Zuhause. Sie lachen über die Bilder, die ich an meine Wände gehängt habe, über die Blumen, die ich aufgestellt habe, und über den Geruch in meiner Wohnung. Ich schäme mich für meine Gäste.

Ich schrecke hoch und sehe das Haus von Pjotr. Hier können Sie mich rauslassen, sage ich. Ich gebe ihm widerwillig die hundert Euro, nehme meinen Rucksack und steige aus. Bei Pjotr brennt kein Licht. Vielleicht hat er mich vergessen. Habe ich ihm gesagt, wann ich ankomme? Ich kann mich nicht erinnern, aber ich muss es ihm gesagt haben, denn er wollte mich ja abholen, doch es brennt kein Licht. Er hat es tatsächlich vergessen. Vielleicht sitzt Pjotr jetzt beim alten Mischa in der Dorfkneipe. Das macht nichts, ich weiß ja, wo der Schlüssel ist. Er ist im Schuppen.

Als Kind habe ich manchmal meine Fäuste gegen die Augen gedrückt. Nach einigen Sekunden tauchten bunte Sterne auf, grüne, rote, blaue, die zunächst geordnet kreisten und dann ins Chaos fielen. Dann habe ich fester gedrückt, um die Wirkung zu verstärken. Wie viel Schnee hier liegt. Ich habe noch nie so viel Schnee gesehen. Nein, das kann nicht sein. Hier lag immer so viel Schnee. Wieso sind die Laternen nicht an? Doch sie brennen, aber so schwach. Es ist trotzdem dunkel. Ich sehe einen Hund. Es ist einer dieser Wölfe. Er bleibt vor mir stehen und blickt mich an. Er hat gelbe Augen. Ich gehe weiter, und er folgt mir. Mein Mantel ist zu dünn. Ich habe nicht genug warme Sachen dabei. Hier ist der Friedhof. Hier liegt meine Urgroßmutter, die genauso heißt wie ich. Sie wurde Oma Katze genannt. Kalbsgeschnetzeltes gab es bei ihr. Und immer wieder Tee. Hier liegen auch mein Großonkel und viele andere Verwandte, an die ich mich nicht erinnern kann. Der Wolf ist ganz nah bei mir. Das ist gut. Hundert Euro. Ich hätte auch mit der Bahn fahren können. Meine Augen liegen jetzt wie schwere Steine in den Augenhöhlen. Ich bin müde. Ein Wind weht. Stimmen. Ich versuche mich zu orientieren. Ich weiß nicht, aus welcher Richtung sie kommen, aber sie haben Wichtiges zu sagen. Da ruft einer, da muss man doch mal lauschen. Warum bellt der Wolf? Was ist da hinter dem Baum, in dem Gebüsch? Hier muss doch irgendwo das Haus sein. Hör auf zu bellen. Meine Stimme klingt schrill und laut. Er bleibt stehen und bellt weiter. Was gibt es denn dort? Wölfe dürfen keine Angst haben. Eine Katze läuft über die Straße. Mistkerl, du hattest Angst vor einer Katze. Er sieht mich an. Was ist, sage ich. Sein Fell ist grau, und am Bauch hat sich Eis verfangen. Schmutziger Schnee. Ich mache einen Schritt auf ihn zu, und er weicht aus, knurrt. Hör auf, mich anzuknurren. Dir geht es wohl zu gut. Kannst ja hierbleiben, sage ich und laufe weiter, ohne mich umzudrehen. Hier muss es doch irgendwo sein. So lange bin ich immer an der Hand meiner Großmutter gelaufen? Es fängt an zu schneien. Ich strecke meine Zunge heraus, und die dicken Schneeflocken schmecken nach Birkensaft, frisch aus der Birke gezapft im April oder Mai. Sie legen sich auf meine Wimpern, auf meine Haare, auch im Nacken spüre ich die Nässe. Ich hätte den anderen Schal mitnehmen sollen. Einen, der nicht kratzt, wenn er nass wird. Die Kanadier haben das richtig gemacht, die haben die richtigen Schals dabei. Mein Rucksack hockt wie ein feister, schwerer Zwerg auf meinem Rücken, und wenn ich nicht allein wäre, würde ich jetzt tanzen. Mich drehen wie ein Kind, das lange auf den Schnee gewartet hat. Ich würde laut lachen und mich küssen lassen. Wie vor vielen Jahren im Park, als es geschneit hat in Mitteldeutschland und Jan oder Peter mich küssen wollte unter einem Baum. Jetzt weiß ich nicht, für wen ich tanzen soll. Jetzt muss ich das Haus finden. Hier teilt sich die Straße. Rechts ist Wald, und links ist auch Wald. Komm, wir singen, egal was, sagte meine Großmutter, wenn wir durch den Wald mussten. Ich ging rechts von ihr, also muss ich jetzt auch rechts gehen. Hinter mir höre ich ein leises Schnaufen. Danke für diesen guten Morgen, danke für jeden neuen Tag, singe ich. Ein hartnäckiges Überbleibsel aus der katholischen Schule. Danke, dass ich all meine Sorgen, weiter weiß ich nicht. Ich singe lauter und erkenne den Waldweg. Hier muss gleich der zerborstene Baum sein. Ein Baum wie jeder andere in der Dunkelheit. Mein Handy klingelt, und ich sehe den Wolf vor mir laufen. Alles ist gut. Hallo, sage ich. Der Empfang ist schlecht. Hallo, wiederhole ich. Ich stehe vor deiner Haustür, sagt Mira. Wir waren verabredet. Du bist gar nicht da, oder willst du nicht aufmachen? Ich höre ein Rauschen, die Verbindung bricht ab. So ein Handy kann doch noch nicht alles. Es ist gleich halb elf, und ich habe Hunger. In Berlin traue ich mich tagsüber nicht allein in den Park, und hier laufe ich allein mit einem Wolf durch den verschneiten Wald – während Mira vor meiner Tür steht und klingelt. Wir wollten sprechen heute, weil sie die langen, schweigsamen Momente zwischen uns schwer aushalten kann. Da kann man jahrelang Gedanken austauschen, lachen, Erlebnisse teilen, und dann ist plötzlich eine Stille da, und man entdeckt den trüben Film, der sich über die Augen des anderen gelegt hat. Ich hätte es ihr sagen sollen. Ich hätte ihr sagen sollen, ich muss nach Bykovo, das ist der Ort, an dem ich aufgewachsen bin. Nicht meine gesamte Kindheit habe ich dort gelebt, aber lange genug, um ein schlechtes Gewissen zu haben. Ich muss da allein hin, du würdest mich nur ablenken. Sie hätte es nicht verstanden, ebenso wenig, wie ich es verstehe. Ein Flugzeug startet. Es dauert nicht mehr lange, und von Bykovo werden Airbusse nach Afrika und Island fliegen, sagte Pjotr. Ich habe es fast geschafft. Ich verneige mich vor den Bäumen, und mein Rucksack rutscht nach oben. Ich verliere das Gleichgewicht, falle in den Schnee. Wie hell der Himmel ist. Der Wolf traut sich jetzt zu mir. Ich rieche seinen Atem. Du stinkst, Wolf, sage ich und spüre, wie der Schnee durch den Stoff meines Mantels kriecht. Tief atmen. Einatmen, ausatmen. Es hat aufgehört zu schneien. Nur die Bäume schütteln den schweren Schnee ab, auf mich und den Wolf. Die Stiefel waren teuer. Feines, dünnes Leder, eine Ledersohle und Absätze, die hier grotesk wirken. Es gab die Stiefel nur noch eine halbe Nummer kleiner, deshalb konnte ich keine Socken anziehen. Hautfarbene Nylons kleben an meinen Füßen. Ich versuche die Zehen zu bewegen. Als Kind war das wie ein Tick von mir: Beide großen Zehen nach vorne schieben, und wenn sie die Schuhspitze berührten, kam das Kribbeln in den Beinen. Jetzt spüre ich meine Zehen kaum, vielleicht sind sie schon abgefroren. Das kann ganz schnell gehen. Es soll nicht mal wehtun. Junge Frau im Wald erfroren. Was wollte sie in Bykovo? Nein, jung werden sie nicht schreiben. Ich weiß nicht, ob ich jung bin. Man wird alt, wenn man sich jung fühlt, sagte meine Großmutter mit einer Selbstverständlichkeit, die keinen Zweifel zuließ. Es gibt Menschen, die stellen sich auf einen Marktplatz und reden ihr Inneres nach außen. Andere Menschen stehen im Kreis um sie herum und applaudieren, ganz gleich, was sie denken. Wenn ich mich auf einen Marktplatz stelle, dann schweige ich, sehe zur Seite. Der Wolf schnuppert an meinem Rucksack. Was riechst du? Glaubst du, ich hätte was zu fressen für dich, du Monster? Ich kann dir sagen, was dadrin ist: Verdammt viel Kosmetik, die dir nicht schmecken wird, drei Bücher, die ich nicht lesen werde, eine Frauenzeitschrift und die falschen Klamotten. Aber warte, ich habe getrocknete Pflaumen eingepackt. Magst du so was? Der Wolf berührt mit seiner kalten Schnauze meine Schulter. Du willst, dass ich aufstehe, was? Du hast Angst um mich? Du hast recht, sage ich und versuche mich umständlich zu erheben. Meine Beine knicken ein, und mein Hintern ist taub. Der Waldzauber ist weg, ich habe Schmerzen. Wieder klingelt mein Handy. Ein quiekender, piepsender Ton direkt aus der Hölle. Ich könnte es hier im Schnee vergraben. Ein Handygrab schaufeln zu Ehren aller Nostalgiker. Blödsinn, sollte mir ein Ziegel auf den Kopf fallen oder eine Ader platzen, bin ich allein und kann niemanden anrufen. Ich will nicht sterben. Trag meinen Rucksack, sage ich zum Wolf, mach dich nützlich. Du siehst doch, ich kann kaum laufen. Alles ist nass, festgefroren. Die guten Stiefel hinüber. Alle Eleganz: hinüber. Morgen werde ich krank sein. Grippe, Blasenentzündung, Erfrierungen, juckende Bläschen und eine Lungenentzündung, die sich in eine wunderbare Schwindsucht verwandelt. Bleich, mit der braunen Wolldecke meiner Großmutter zugedeckt, werde ich auf der Veranda sitzen und auf Besuch warten. Ein Spiegel wird vor mir stehen, damit ich sehen kann, wie meine Schönheit verblasst. Mein Vater wird aus Neuseeland telegraphieren, meine Mutter wird geheime Nachrichten senden. Und Mira wird anreisen: Du Dummerchen, wieso hast du nichts gesagt? Wir leben im einundzwanzigsten Jahrhundert, da stirbt man nicht an Schwindsucht. Komm mit nach Berlin, und du wirst gesund, wird Mira sagen. Ich aber werde meinen Kopf unter Mühen leicht zur Seite neigen und einen Hauch kranken Atem durch meine Nase ausströmen lassen. Ganz in der Nähe, versteckt und heimlich, wird ein Vogel drei Töne singen und verstummen. Mira wird verstehen, warum ich meine letzten Stunden auf der Terrasse in Bykovo verbringen muss. Warum ich nicht nach Berlin in die Charité fahren kann. Ein Ast streift mein Gesicht, und ich schreie auf. Wieder ein Höllenton hier in der Stille. Mein Herz pocht, ich bin froh, die Lichtung zu sehen. Noch zwanzig, vierzig oder hundert Meter, und ich müsste auch das Haus sehen. Der Wolf ist ganz nah bei mir. Er weicht nicht von meiner Seite, ich weiß nicht, ob ich ihn so nah bei mir haben will. Er hat mich beschützt im Wald, jetzt kann er wieder gehen, denn er ist ein Wolf. Ein Raubtier, unberechenbar und heimtückisch. Hier links geht es zur Schule. Meine Grundschule. Es wird Zeit, dass du deine zukünftige Schule siehst. Hier wirst du in die erste Klasse gehen, sagte meine Großmutter. Als wir das erste Mal dorthin abbogen, war es warm, und ich war stolz. Schon oft hatte ich die Kinder aus dem Dorf lachend mit ihren Büchern in der Hand diesen Weg gehen sehen. Sie trugen alle eine braune Schuluniform, und die Mädchen hatten Tüllschleifen im Haar. Der Unterricht hatte schon begonnen, wir konnten unbemerkt in das Schulgebäude schleichen. Opa Lenin hing in der Eingangshalle, die viel größer war, als es von außen schien, und lächelte warm auf die Kinder herab. Seine Augen blickten gutmütig, und ich stellte mir vor, wie sein Spitzbart regelmäßig von einem Kind mit der Bastelschere gestutzt wurde. Die Barthaare wurden auf dem Schulhof vergraben. Da, wo heute vielleicht ein Himbeerstrauch gewachsen ist oder eine Mülltonne steht. Das ist Mascha Filippowna, sagte die Lehrerin am ersten Schultag in die Klasse und drückte mir, wie allen anderen Kindern auch, eine rote Nelke in die Hand. Ich musste nach vorne treten und mich verbeugen. So tief, dass meine Schleife im Haar das Knie berührte. Immer wieder habe ich diese Verbeugung auf dem Dachboden geübt und sie später meiner Großmutter vorgeführt. Würde, mehr Würde, Mascha. Morgen werde ich hingehen und mir ansehen, was aus der Schule geworden ist.

Da steht es. Das Haus ist dunkel, still. Und kleiner, als ich erwartet hatte. Der Mond steht hoch, hat aber heute keine Leuchtkraft. Hinter dem Zaun meine Schaukel, befestigt an zwei Birken, die im Laufe der Jahre erwachsen geworden sind, wie ich. Lauter erwachsene Bäume und Sträucher im Garten. Sie sind unhöflich, niemand grüßt mich. Kein Willkommen, nur hartnäckiges Schweigen. Sie tragen Weiß. Müsst ihr nicht. Ich stelle meinen Rucksack ab und bleibe vor dem Zaun stehen. Da ist der Schuppen. In der Dachrinne muss ein aufgeschlitzter Plastikball liegen. Blau mit weißen Tupfen. Darin ist der Schlüssel für die Haustür und für das Gartenhaus. Der Schlüssel ist in dem Ball, das weißt du noch, oder, fragte Pjotr, als er mich vor einer Woche in Berlin anrief. Ich hatte mir gerade einen Kaffee gekocht und wollte die restlichen Hefte korrigieren. Jeden Tag fünf, dann müsste ich in drei Tagen durch sein. Ich hatte unerwartet eine neue Klasse bekommen. Eine Achte. Darauf war ich nicht vorbereitet, weil ich vorher immer nur die Kleinen hatte. Du wirfst denen was hin, und es kommt was zurück, und irgendwann weißt du, was du hinwerfen musst. Ich hatte eine Sprache mit ihnen gefunden, die Ängste elegant versteckt. Bevor ich den Klassenraum betrat, zählte ich immer bis zwanzig. Bei der neuen Klasse habe ich aber gemerkt, dass zwanzig nicht reicht. Also habe ich bis fünfzig gezählt. Das hat auch nicht gereicht. Nach vier Tagen bin ich bei siebzig gelandet, obwohl mir natürlich bewusst war, dass ich eine Grenze ziehen musste, dass ich die Hundert auf keinen Fall überschreiten durfte. Am Tag nach dem Anruf habe ich bis fünfzig gezählt und fing dann nochmal von vorne an. Wegen einer dringenden familiären Angelegenheit muss ich eine Zeitlang nach Russland, habe ich der neuen Klasse gesagt. Im Klassenraum roch es nach Schweiß und Mango. Buntgeschminkte Augen starrten mich an. Wieso denn Russland? Sind Sie aus Russland, fragte ein Mädchen mit ockerfarbenem Make-up im Gesicht. Eine kleine Ratte sieht mich an, habe ich gedacht. Ich weiß es nicht, hörte ich mich sagen. Die anderen Ratten fingen an zu lachen, und ein Verhör begann. Man muss wissen, wo man herkommt, sagte wieder die erste Ratte. Eben! Ich weiß auch, wo ich herkomme! Du kommst aus der Türkei, oder wo kommst du her? Sie weiß nicht, wo sie herkommt! Sind Sie dumm oder so? Den Flug hatte ich noch am Abend gebucht. Einen Nonstopflug nach Moskau. Und den Rucksack aus dem Keller geholt. Ihr Name ist nicht russisch, schrie wieder eine Ratte. Das ist ein georgischer Name. Mein Vater hat eine georgische Großmutter. Sind Sie georgisch oder so? Was tun Sie dann in Russland, fragte die erste Ratte, und ich wusste, dass ich alles falsch gemacht hatte.

Ich versuche, das Gartentor zu öffnen. Es ist verschlossen. Ich erinnere mich, dass der Zaun hinter dem Haus ein Loch hat. Pjotr wollte es immer reparieren, und ich hoffe, er hat es nicht getan. Ich muss den Weg verlassen und durch den tiefen Schnee. Ich gehe einige Schritte und sinke immer mehr ein. Der Schnee reicht mir bis zu den Oberschenkeln, und ich spüre, wie er sich seinen Weg in meine Stiefel bahnt. Ich kehre um und drücke erneut die Klinke, um mich noch einmal zu vergewissern, dass das Tor wirklich verschlossen ist. Jetzt lässt es sich leicht öffnen, ich falle fast. Der Wolf sieht mich mit funkelnden Augen an, und ich meine den Teufelsschalk zu erkennen. Ich bin nicht allein, denke ich. Jemand muss hier sein und das Tor geöffnet haben. Pjotr, rufe ich, wo hast du dich versteckt? Das kann nicht sein, ich war kaum eine Minute weg. Das Tor war schon vorher offen, nur war ich mit meinen tauben Spinnenfingern nicht in der Lage, die Klinke fest genug zu drücken. Alles ist gut. Ich muss mich umziehen. Ich brauche ein warmes Bad, einen heißen Tee, Suppe, Braten, ein Bett.

Wie ein Kind stand ich vor der Klasse, verzweifelt, den bösen Tierchen ausgesetzt, gefangen in ihren Dunstkreisen, einer nebliger als der andere. Mit einer fahrigen Bewegung holte ich die Hefte aus meiner Tasche und verteilte die korrigierten Arbeiten. Kapitulation vor einem Haufen Nagetiere. Es ist nicht meine Schuld, habe ich mir gesagt, als ich nach endlosen fünfundvierzig Minuten die Klasse mit Flecken unter den Armen verließ. Was hätte ich tun sollen? Keine Schwäche zeigen, auf private Fragen nicht antworten, zischte ich meinem Spiegelbild in der Lehrertoilette entgegen. Meine Hand hinterließ einen schwachen Abdruck auf meiner rechten Wange. Ich hatte den Ring nicht abgezogen. Ist Ihnen nicht gut, und wann gedenken Sie wiederzukommen aus Russland, fragte Frau Dr. Krüger. Ich weiß es nicht.

Mein Rucksack ist schwerer geworden. Jemand muss ihn mit Ziegeln gefüllt haben. Ich schließe sorgfältig das Tor. Der Schuppen ist kleiner als in der Erinnerung. Ob mein Fahrrad da noch steht? Mein braunes Fahrrad, mit dem ich fast jeden Baum in Bykovo gestreift habe – wie ist das Kind ungeschickt! Das Fahrrad steht nicht im Schuppen. Ein alter Korb, ein Rasenmäher, leere Wodka- und Weinflaschen. Meine Hängematte, eine Tonne mit Laub und ein Stapel alter Zeitungen. Russland kann die Nato in vierzig Minuten vernichten, lese ich. Und: Ist das Putins Tochter? Langsam setze ich die einzelnen Buchstaben zu einem Wort zusammen und bewege dabei die Lippen.

Ich spüre ein Kratzen im Hals. Ich muss den Schlüssel finden und ins Bett. Eine Wärmflasche über und eine unter mir. Ich will nach Hause. In meine Wohnung. Erst vor zwei Tagen habe ich die Bettwäsche gewechselt. Ich würde morgen früh aufwachen, mir einen Kaffee kochen und in die Kastanie vor meinem Fenster blicken. Vielleicht würde ich sogar zu Miras Feier gehen. Da ist der Ball. Er hat weder Tupfen, noch ist er blau. Er ist einfach nur gelb. Und da ist auch der Schlüssel. Der Schlüsselanhänger war damals ein anderer. Das Krokodil Gena aus der sowjetischen Kinderserie «Krokodil Gena und Tscheburaschka». Jetzt ist es ein Fußball mit der russischen Flagge. Ein Schlüssel für das Gartenhaus und ein Schlüssel für die vordere Haustür, wofür der dritte Schlüssel ist, weiß ich nicht. Damals gab es nur zwei. Die Schuppentür lässt sich nicht richtig schließen, die Tür scheint verzogen zu sein. Ich werde Pjotr bitten, sie zu reparieren. Ein Haus in so einem Zustand kann man doch nicht verkaufen. Wieso ist der Weg nicht frei geräumt? Es sieht alles so verlassen und traurig aus. Das Haus steht dunkel vor mir und glotzt mich an. Mit klammen Eishänden versuche ich die Tür zu öffnen. Der erste Schlüssel passt nicht. Der zweite auch nicht. Verdammt, rufe ich in die kalte Stille, und der Wolf erschrickt wie ein altes Weib. Wenn der dritte Schlüssel ebenfalls nicht passt, dann weiß ich nicht. Der dritte Schlüssel passt nicht. Ich weiß es nicht. Was nun? Ich weiß es nicht. Nun, nichts. Nichts, höre ich mich sagen. Es ist zu Ende. Ich wundere mich über meine Gelassenheit. Meine Stimme ist nicht meine Stimme. Sie klingt zuversichtlich und rau. Ich mag das. Sie soll immer so klingen. Es ist bestimmt schon spät. Meine Uhr liegt in der Küche auf dem Tisch. Vielleicht auch im Bad neben der Toilette. Ich kann nicht zur Toilette gehen, wenn ich nicht weiß, wie spät es ist. Eine Unart von mir. Es wird bald Morgen sein, denke ich. Ich hole das Handy aus meiner Handtasche. Es ist kurz vor eins.

Verstehst du denn nicht – das hier ist mein Heim, in dem ich vielleicht den Rest meines Lebens verbringen muss. Wo ich geboren bin. Ich muss da rein. Kannst du das verstehen, du Tier, sage ich zum Wolf. Jetzt ist meine Stimme die alte, und ich möchte sterben. Ich könnte in Würde auf der Veranda erfrieren. Ich probiere erneut nacheinander die Schlüssel aus. Der zweite passt. Du bleibst draußen, sage ich zum Wolf. Wir sehen uns morgen.

Kalt ist es hier. Meine Hand ertastet automatisch den Lichtschalter hinter der Standuhr. Das Licht ist anders. Streng wie Röntgenstrahlen. Ich setze mich an den Küchentisch, will aber eigentlich stehen bleiben, atemlos das Haus betrachten. Von Zimmer zu Zimmer fliegen, alle begrüßen, auch den kleinen grünen Mann auf dem Dachboden. Sie werden mich fragen, warum ich jetzt erst komme, warum ich gewartet habe, bis es zu spät war. Warum ich überhaupt fortgegangen bin. Ich werde sagen, dass nicht ich es war, die fortgegangen ist. Erinnert ihr euch denn nicht? Mai 1982? Großmutter, du hast doch damals geweint, immer wieder gesagt, das Kind soll hierbleiben. Geht ihr, wohin ihr wollt, aber das Kind soll hierbleiben. Es ging um die Freiheit im Westen. Es ging um ein neues Leben im Westen. Warum erinnert ihr euch denn nicht? Jetzt muss ich erst einmal sitzen bleiben. Mich ausruhen und die nassen Stiefel ausziehen. Der Stuhl wackelt. Unter den Sitz ist ein kleines Herz gemalt. Manchmal habe ich mich unter den Tisch verkrochen und die nackten Beine meiner Großmutter verfolgt. Grau, ein wenig behaart und durchzogen von Venen, die sich in einem wilden Muster ausgebreitet hatten, tanzten sie zwischen Spüle und Herd. Ich lege meinen Kopf auf die Wachstuchtischdecke. Vor meinem Auge sehe ich Reste von getrocknetem Ei. Meine Haarspange drückt sich in meine Kopfhaut.

Alles ist ganz anders, und alles ist, wie es war. Als wäre nichts geschehen, als wäre ich nie fortgegangen, als wäre ich nicht wiedergekommen und als würde gleich meine Großmutter mit ihrer schrillen Stimme aus dem Wohnzimmer nebenan rufen, wo ich mich so lange herumgetrieben habe. Zieh deine Schuhe aus und geh dir die Hände waschen, sagte sie, ohne aufzublicken, wenn ich von draußen kam. Die Suppe wird kalt, setz dich. Die Suppe wird kalt, wiederhole ich im Kopf. Morgen ist ein neuer Tag. Ich werde mir warme Sachen raussuchen. Die Mohairjacke meiner Großmutter muss hier noch irgendwo sein, und ich werde ihre dicken Stiefel anziehen. Dann wird Pjotr kommen. Der liebe Pjotr. Der schöne Hausmeister mit dem seltsamen Auge. Nimm dich in Acht vor Pjotr. Warum, Mama? Er tut, als wäre er nützlich.

Man muss doch wissen, wo man herkommt, sagte das Mädchen, die kleine Ratte. Wie hieß die gleich? Ich bin so müde. Wo könnte die Jacke liegen? Ich muss den Ofen anzünden. Woher, verdammt, soll ich wissen, wie man einen Ofen anzündet? Ich habe Zentralheizung. Holz brauche ich. Holz liegt im Schuppen, aber ist es nicht zu feucht? Ich müsste jetzt aufstehen und in den Schuppen gehen. Meine Zehen fühlen sich taub an. Ich müsste endlich die nassen Stiefel ausziehen. Ich wollte gut aussehen. Was siehst du gut aus, sollten alle sagen. Solche Stiefel gibt es bei euch? So einen Blödsinn wird niemand sagen. Die haben hier mittlerweile Stiefel, davon kann ich nur träumen. Lag hier nicht auch Holz? Hinter dem Herd war doch immer ein Stapel. Ein Feuerzeug habe ich. Wie viel Holz muss in so einen Ofen? Vielleicht brennt mir das Haus ab. Ich werde lieber auf Pjotr warten. Ich meine Feuer zu sehen. Flammen vor meinen Augen. Es brennt. Wie war doch ihr Name? Ein türkischer Name. Gülsen oder Gülsüm. Ich weiß es nicht. Sie und ihre Freundin Monika tuscheln die meiste Zeit. Im letzten Test hatten beide eine schlechte Note. Dabei habe ich mich bemüht, ihn leicht zu gestalten. So leicht es geht, damit es nicht heißt, die Klasse ist unter dem Durchschnitt. Warum? Sie sind zu dumm, ganz einfach. Beschreiben Sie ein Traubenzuckermolekül. Wie bestimmt man Atommassen? Was ist eine exotherme Reaktion? Versuche, die wir seit Wochen machen. Immer dieselben Formeln. Sie sind so dumm, dass das reine Auswendiglernen schon zu viel ist. Selbst wenn man denen die Lösungen an die Tafel schreiben würde, wären sie zu dumm, sie korrekt abzuschreiben. Vielleicht schafft es die Vertretung. Seltsam, die Klasse ist viel besser geworden in Chemie, wird Frau Dr. Krüger sagen. Ich muss zurück. Morgen fahre ich zurück, sonst ist mein Job weg. Ich muss mit Frau Dr. Krüger sprechen. Vielleicht kann ich wieder die Kleinen unterrichten. Vielleicht bewerbe ich mich wieder an einem Gymnasium. Die Kinder dort sind weniger grausam. So kommt es mir vor. Kein Elend mehr. Morgen werde ich mir einen Flug buchen. Ob es hier

Internet gibt? Etwas brennt sich in meine Brust. Die Flammen. Ich will husten. Ich öffne die Augen, wieder die Eierreste. Warum kann ich die Augen nicht offen halten? Ich darf jetzt nicht einschlafen. Vielleicht verliere ich eine Nacht aus meinem Leben. Vielleicht wache ich auf und habe wieder meinen Milchmädchenteint. Meine Nachtcreme habe ich vergessen. Oder sie ist in der kleinen Kosmetiktasche. Das kann eigentlich nicht sein, ich tue meine Cremes immer in die rote Tasche und die Schminksachen in die kleine braune. Natürlich, die Nachtcreme liegt lose in der Handtasche. Die hatte ich noch schnell eingesteckt, als ich schon fast aus der Tür war. Der Taxifahrer hat zweimal ungeduldig geklingelt, und ich bin trotzdem noch schnell zurückgelaufen, um die Creme einzupacken. Seit zehn Minuten warte ich auf Sie, sagte er. Sie kriegen es doch bezahlt, habe ich gedacht, aber nicht gesagt. Irgendwann werde ich in der Lage sein zu sagen, was ich denke. Manchmal überkommt mich die Lust, zugrunde zu gehen.

Atme ich? Ich müsste doch atmen, ich müsste doch meine Augen aufmachen, lauter atmen, aufstehen, mir das Haus ansehen. Vielleicht gibt es hier ein Internetcafé. Am Bahnhof vielleicht. An jedem Bahnhof gibt es Internetcafés. Auch in Bykovo. Mein Bykovo. Niemand kennt Bykovo. Bykovo ist so überflüssig wie dieses Haus. Aber es ist mein Zuhause. Morgen werde ich den Weg zur Schule gehen. Vielleicht gibt es den Weg nicht mehr. Vielleicht gibt es mein Bykovo nicht mehr. Vielleicht gibt es mein Moskau nicht mehr. Blödsinn. Es gab noch nie mein Moskau. Moskau war woanders. Eine Welt, die nicht mir gehörte. Das war die Welt meiner Eltern. In Berlin gibt es auch ein Moskau. Ich wohne mitten in Moskau. Auf dem Spielplatz erziehen russische Kindermädchen russische Kinder. Es gibt Schaschlik, russisches Bier, Schokoquarkriegel und gesüßte Kondensmilch, die ich als Kind löffelweise gegessen habe. Bykovo ist nicht mein Zuhause. Das ist Berlin. Oder es ist Paris oder Kassel. Warum kann ich die Augen nicht öffnen? Draußen heult der Wolf. Oder ist es der Wind? Vielleicht ist es gar nichts, vielleicht fliegt auch nur ein Flugzeug über Bykovo. Ein Flugzeug nach Berlin. Ich muss aufstehen und mir etwas zu essen suchen. Ich will keine Suppe, habe ich als Kind gesagt. Keine Suppe, soso, was sind denn das für Neuigkeiten. Jetzt hätte ich gern eine Suppe. Sogar die fette Soljanka mit Blutwurst, frisch aus dem Tier. Als Kind habe ich mich geekelt vor der Blutwurst, die Raissa an Feiertagen vorbeibrachte. Sie hatte eine Wellensittichzucht.

Pjotr müsste gleich kommen. Wie er jetzt wohl aussieht? Wie alt ist er? Ich weiß es nicht. Er muss über sechzig sein. Oder ist er jünger? Du Fuchs, nannte er mich. Fuchs, setz dich auf meinen Schoß, ich erzähle dir was. Geschichten von Mördern und Dieben hörte ich am liebsten. Leichen, die er ausgegraben hat, Verbrecher, die er heldenhaft überführte. Ich lehnte meinen Kopf an seine Brust und atmete Tabak, Sprit und

Zwiebeln ein. Was erzählst du dem Kind, sagte meine Großmutter, wenn sie plötzlich in der Tür stand. Geh weg, ich will noch mehr hören, sagte ich. Füchse mögen solche Geschichten, sagte Pjotr. Ihr seid verrückt. Alle beide. Wenn ihr fertig seid, kommt essen. Vielleicht gibt es hier Pralinen oder eine Dose Kondensmilch. Gleich stehe ich auf und suche Kondensmilch. Dicke, süße Milch, dann wird alles gut. Mehr brauche ich nicht. Lange kann ich nicht bleiben, sonst ist mein Job weg. Frau Dr. Krüger hat mich im Lehrerzimmer so von der Seite angesehen. Ich meine, sie hat auch mit der neuen Kollegin getuschelt. Vielleicht habe ich zu wenige Ideen gehabt für die Projektwoche im Juni. Ich weiß es nicht. Das ist jetzt egal. Jetzt bin ich hier. Gleich gehe ich ins Schlafzimmer. Dort stehen zwei einzelne Betten. Dazwischen eine kleine Kommode. Das rechte Bett steht am Fenster, und man kann wunderbar in den Garten sehen. Auf den Apfelbaum. Oder man hat ihn gefällt, weil er schon damals die Motte hatte. Miniermotte. Tütenmotte. Irgendeine Motte. Ich könnte mich ins Bett legen, und morgen würde Pjotr mich wecken.

Irgendetwas schmerzt an meiner Stirn. Vielleicht ist mir ein Horn gewachsen, eine kleine Erhebung unter der Haut. Ich muss nachsehen. Jetzt aufstehen. Das Badezimmer ist neben dem Schlafzimmer. Ich öffne die Augen. Das grelle Licht blendet mich. Morgen muss ich diese Glühbirne auswechseln. Das Licht ist nicht auszuhalten, es brennt sich in die Augen. Ich strecke mich, und die Laute, die ich von mir gebe, hallen in der

Küche wider. Der Mond leuchtet gar nicht mehr, und mein Wolf scheint fort zu sein. Vielleicht ist er bei den anderen Wölfen und erzählt ihnen, was für eine Verrückte in das Haus meiner Großmutter eingedrungen ist. Einen Schritt vor den anderen setzen. Das Auftreten schmerzt, meine Füße sind erfroren. Das würde mir zu Hause niemand glauben. Vielleicht muss ich ohne Füße nach Berlin zurückfahren. Vielleicht bleiben meine amputierten Füße hier in Russland. Ich habe meine Füße in Russland gelassen, werde ich sagen. Warum? Weil Russland Füße braucht, lest ihr keine Zeitung, werde ich sagen. Stütz dich an der Wand ab. Jetzt bloß nicht umfallen. Hier ist der Lichtschalter für das Wohnzimmer. Die Lampe ist kaputt.

Ich sehe die Umrisse der Möbel. Dort steht der Fernseher. Im Fernseher wohnt die berühmte, von allen verehrte Eiskunstläuferin Irina Rodnina mit ihrem Partner Sascha. Breschnew hat sie gefragt, wie viel Paar Schlittschuhe sie besitzt. Und wie sieht Ihr Tag so aus, Frau Rodnina? Mein Tag beginnt um halb fünf. Ich stehe auf, das Fenster ist schon offen, ich ziehe mich vor dem offenen Fenster nackt aus und drücke beide Arme fest an den Körper. Sie müssen sich das wie bei einem Pinguin vorstellen, Genosse Breschnew. So verharre ich etwa acht Minuten. Ich versuche, dabei an nichts zu denken. Dann sage ich leise das Wörtchen Sieg. Ich wiederhole es immer lauter: Sieg, Sieg, Sieg!

Die Sitzgarnitur und der Holztisch. Hier sieht es aus wie in einem Café in Berlin-Mitte. Ich setze mich in den großen Ohrensessel und bestelle Suppe und Tee. Tee mit viel Zucker und Milch. Der Sessel umschließt mich. Ich ziehe meine Beine an. Gut, dass ich keine Füße mehr habe, sonst würde meine Großmutter schimpfen. Nimm die Füße runter, würde sie sagen. Es riecht nach alter Schokolade und den getragenen Strumpfhosen, die meine Großmutter abends über den Badewannenrand hängte wie zwei tote Blindschleichen. Auf dem Fernseher steht ein Foto von ihr. Sie lacht, Juri Gagarin hat seinen Arm um sie gelegt. Er ist einen Kopf kleiner als sie. Für ihre Dienste in der sozialistischen Raumfahrt ist er ihr sehr verbunden. Ihre Aufgabe war es, Freiwillige in rotierende Kapseln zu stecken und die Auswirkungen von Schwerkraft und Schwerelosigkeit auf den menschlichen Organismus zu untersuchen. Als Leiterin der Forschungsabteilung wurde sie die Große Tamara genannt. Ist die Große Tamara zu sprechen, hieß es am Telefon.

Wie jung sie auf dem Foto aussieht. Stolz. Die Haare in sanften Wellen und ein kleines Lächeln auf den Lippen. Der spöttische Blick, der mich als Kind oft unvermittelt traf. Die MiG-15 UTI ist das sicherste Kampfflugzeug der UdSSR, es hat die geringste Absturzquote, dozierte die Große Tamara. Trotzdem fiel Gagarin samt MiG und seinem erfahrenen Kopiloten Wladimir Serjogin vom Himmel. Im Suff, sagte meine Großmutter. Gagarin hat den Ruhm nicht verkraftet, und Serjogin war von Neid zerfressen, weil nicht er der erste Mensch im Kosmos gewesen war. Volltrunkenheit und Tränen des

Selbstmitleids sind schlechte Voraussetzungen für einen sicheren Flug mit doppelter Schallgeschwindigkeit – was meinst du, fragte sie mich, ohne mich zu fragen.

Gestern war ich eine andere. Gestern habe ich mir Tee gekocht, dann aber Rotwein getrunken. Zur Einstimmung habe ich mir Fotos angesehen. Ich als Baby. Ich als Kleinkind. Hier in Russland. Gestern habe ich gedacht, ich fahre morgen nach Russland, nach Bykovo, in meine Heimat. Gestern habe ich mich von Frau Dr. Krüger verabschiedet. Als ich über den Schulhof zu meinem Auto ging, rief die kleine Türkin: Hoffentlich werden Sie nicht von der Russenmafia erschossen! Ja, habe ich gesagt.

Es ist so still hier. Jetzt aufstehen und den Fernseher anmachen. Gibt es denn keine Fernbedienung? Das ist tatsächlich noch der Fernseher von damals. Der riesige Kasten. Da ist der Anschaltknopf. Er braucht ein bisschen, um warm zu werden. Dann schnauft er, und ein buntes Bild erscheint. Wir müssen reden. Ich weiß, du brauchst deine Freiheit, und ich, also, ich will dich auch nicht einengen, ich vermisse dich nur so, sagt eine blondierte junge Frau im pinkfarbenen Bikini ins Telefon. Sie sonnt sich auf einer Liege am Swimmingpool. Das spielt bestimmt nicht in Russland. Und wann gedenkst du zu kommen, fragt ein ebenfalls blondierter Mann in einem großen Glasbüro. Vor meinen Augen flimmert es. Sie sollen still sein. Sie sollen aufhören zu sprechen. Schatz, bist du noch dran, sagt die Blondine.

Sie fängt an zu schluchzen. Ich schließe meine Augen. Sie klingt wie eine Robbe. In den Zoo müsste ich auch mal wieder gehen. Im Frühling.

Draußen dämmert es. Der Fernseher läuft immer noch, eine nackte Frau hält verschiedene Schilder in die Kamera. A = In Afghanistan, B = In der Mongolei, C = In Kuba. Hinter ihr blinkt eine bunte Girlande. Es sind tatsächlich Bananen, die da blinken. Afghanistan ist die richtige Antwort. Die Zuschauer applaudieren. Sie sehen müde aus. Sie sollten sich schlafen legen. Der unansehnliche Mann aus der hinteren Reihe sollte sich neben die Bananenfrau legen. Einfach beieinanderliegen und an die Decke starren. Vielleicht zwischendurch einen Kaffee kochen. Nur keine Schilder mehr hochhalten. Bloß etwas anziehen und ein wenig ruhen. Ich muss die Mohairjacke finden. Meine Haut, die Nylons und das dünne Kalbsleder der Stiefel sind eins. Vielleicht kann mir mal jemand helfen, sage ich zum Fernseher. Es brennt, aber dann habe ich es geschafft. Die Nylons sind in den Stiefeln geblieben. Meine Füße sind blau, der rechte große Zeh sogar fast violett. Rot leuchtende Fußnägel auf blauer Haut. Gestern habe ich die Nägel lackiert. Gestern gehörte mein Fuß noch zu mir. Jetzt ist er von mir abgetrennt. Endlich spüre ich Nadelstiche auf der Haut. Im Schrank sind bestimmt irgendwelche Schuhe. Hausschuhe oder Stiefel. Wieder einen Fuß vor den anderen setzen. Durch den dunklen Gang ins Schlafzimmer. Dort müsste Teppich liegen. Das ist wärmer. Hier liegt kein Teppich. Irgendjemand hat den Teppich aus dem Schlafzimmer entfernt. Nur kalte Dielen. Auch hier nur kalte Dielen. Das ist doch Absicht. Aber die Betten stehen noch wie damals. Ein Bett am Fenster, dazwischen das gelblackierte Nachtschränkchen und das andere Bett neben dem Kleiderschrank. Ich könnte mich kurz in mein Bett legen. In das am Fenster. Draußen schneit es, und ich bin im warmen Bett. Das Bett ist nicht warm. Es ist klamm, und die Decke und das Kopfkissen sind nicht bezogen. Das ist egal. Das stört mich jetzt nicht. Nur kurz hinlegen. Die Matratze ist weich, viel zu weich. Ich muss an meinen Rücken denken. Bloß keine weichen Matratzen mehr, sagte die Osteopathin. Die mit der verstopften Nase. Ich ziehe die Decke über den Kopf und bin wieder fünf Jahre alt. Es riecht nach nassem Hund. Vielleicht ist mein Wolf hier in der Höhle. Vielleicht hat er sich an das Fußende gerollt. Das war eine lange Nacht. Jetzt die Beine umklammern und tief ein- und ausatmen. Den Atem ausströmen lassen. Es wird wärmer in meiner Höhle. Ich rieche meinen Atem. Den Mantel könnte ich jetzt ausziehen. Vielleicht morgen.

Ich bin nicht in meinem Bett. Das war mein Bett, als ich noch ein anderes Ich war, als ich mein heutiges Ich noch nicht kannte. Hier schlief ich immer viel zu spät ein. Zu oft hatte ich Angst vor der Stille, vor der Schneekönigin, die ins Fenster hineinspähte, die mich mit ihrer kalten, spitzen Zunge küsste. Ich zog die dicke Decke über den Kopf, und es gab keine Nacht mit langen Zähnen. Ich habe mich eingerollt und meine

Knie gehalten. Irgendetwas geflüstert, manchmal gebetet. Lieber Gott, lass Oma gesund sein, lass meinen Hund Muchtar nicht so bald sterben, lass Papa Arbeit finden und Mama nicht so komisch sein. Ich will nie wieder in die Regentonne steigen und immer alles aufessen. Einatmen und ausatmen. Es ist warm unter der Decke.

Meine Zunge berührt meine Oberlippe, und es schmeckt salzig. Ich muss geschwitzt haben. Die Decke ist glatt. Solche Decken machen nur die dreisten Bulgaren, sagte meine Großmutter. Decken und Möbel machen, das können sie. Aber dann kommt lange nichts. Auch später in Deutschland deckten meine Eltern sich und mich damit zu. Grelles Pink und leuchtendes Gelb. Wenn meine Freundin hier übernachtet, möchte ich eine andere Decke, eine deutsche Decke, sagte ich zu meiner Mutter. Du spinnst, sagte sie. Am nächsten Tag kaufte sie Bettwäsche. Kinderbettwäsche mit Muppetshow-Motiven in Orange. Ist das besser, ist das eine deutsche Decke, fragte sie. Nein, rief ich, die ist hässlich. Alles, was du kaufst, ist hässlich! Deutsche Decken hatten zu sein wie bei meiner besten Freundin: aus Frottee, braun und geblümt. Mutter hat das nicht verstanden.

Ich will mich an ihren großen, weichen Busen schmiegen. Ich will ihren Apfelduft einsaugen. Ich will, dass sie mich mit ihren grauen Augen ansieht, sich über mich beugt, mich zudeckt, egal mit welcher Decke. Es geht mir besser, wird sie sagen. Mach dir keine Sorgen, jetzt bin ich dran. Du hast dich genug gesorgt um mich. Jetzt bin ich dran. Hast du Freundinnen? Mama, lass mich. Ich will nicht, dass du mich nach meinen Freundinnen fragst. Ich will doch nur nicht, dass du allein spielst. Die wissen doch alle gar nicht, was sie verpassen. Mama, lass das. Ich spiele gern allein. Niemand spielt gern allein. Ich sehe dir doch an, dass du einsam bist. Du bist traurig. Du bist traurig, weil du keine Freundinnen hast. Ich würde dir gern helfen, aber du weißt, dass ich nur kurz hier bin. Dein Papa kümmert sich. Das tut er doch, oder? Ja, Mama. Bitte reg dich jetzt nicht auf. Vielleicht können wir morgen zusammen spielen. Ich verkleide mich als deine Freundin. Wie soll ich sein? Am besten viele, oder? Ein Kostüm für viele Freundinnen. Mama, hör auf. Bitte, hör auf. Mein Engel, ich verstehe dich. Wir verstecken uns hinter einem Baum und entführen eine Freundin für dich. Lass uns morgen schwimmen gehen und dann Eis essen, mein Engel. Du darfst doch kein Eis essen. Papa hat gesagt, du darfst kein Eis essen, Mama. Ach, dein Vater sagt so viel nutzloses Zeug. Der soll mal zusehen. Wann musst du wieder weg? Ich werde erst einmal bei euch bleiben. Ich muss mich doch um dich kümmern. Auch dein Vater braucht mich hier. Ich frage mich, wer von euch mehr Dreck macht. Papa oder du? Ein Telefon klingelt. Mein Telefon klingelt. Mein Handy klingelt. Wo ist mein Handy? Ich bin hier, ich bin hier in Bykovo, und mein Handy ist in meinem Rucksack. Mein Rucksack ist in der Küche. Alles ist gut, nur ein wenig zu hell. Die Sonne scheint. Wo kommt der ganze Staub plötzlich her? Gleich werde ich putzen. Wer kann das denn sein? Es ist noch sehr früh. Oder vielleicht ist es schon Mittag. An meinem Handy klebt ein Stück Backpflaume. Ja, hallo, sage ich und muss mich räuspern.

Bist du schon da, höre ich Pjotrs Stimme. Sie klingt heiser und nah, als hätte er sich hinter dem Rucksack versteckt.

Ja, ich bin hier, sage ich.

Wann bist du gekommen?

Gestern Nacht.

Hattest du eine gute Reise? Hast du den Schlüssel schnell gefunden?

Relativ schnell. Wie spät ist es?

Es ist gleich zwei. Hast du geschlafen?

Nein. Gestern Nacht warst du nicht da. Es war alles dunkel bei dir.

Gestern Nacht. Ja, das stimmt. Da war ich nicht da. Ich hätte auf dich warten sollen. Das tut mir leid.

Macht nichts. Wann wollen wir uns treffen?

Ich komme heute Abend gegen sechs vorbei. Zum Anstoßen. Ich bringe Fisch mit. Selbst gefangen und selbst geräuchert, sagt er. Seine Stimme klingt sicher. Anders als vor einigen Tagen, als er mich in Berlin angerufen hat.

Ja, gut. Ich warte auf dich. Bis später, sage ich und lege auf. Mein Russisch schmeckt teigig. Wann und wo hätte ich es besser lernen sollen? Was denkt Pjotr jetzt von mir? Die Muttersprache verlernt! Im Wald, da wohnt ein Tannenbaum. So klein, so fein. Komm, Igel, komm, Eichhorn! Kommt und schaut euch den Baum an. Wie fein und klein, singe ich laut auf Russisch. Siehst du, Pjotr, ich kann sogar noch russische Kinderlieder singen. Siehst du, ich habe nichts verlernt.

Ich setze mich an den Küchentisch. Die Wachstuchtischdecke ist weißgrau kariert. Das habe ich gestern Nacht nicht gesehen. An der Ulitsa, wie hieß die Straße noch, Ulitsa Gorki, nein, Ulitsa Medwediwa, ich weiß es nicht. Ganz egal. Dort gab es einen kleinen Krämerladen. Ich brauche Brot und Milch. Das Brot heißt bestimmt nicht mehr Kosakenbrot, sondern Pain du Irgendwas. Ich werde warme Sachen anziehen und dann versuchen, den Ofen anzuzünden. Der Schrank meiner Großmutter ist halb ausgeräumt, die Schrankfächer mit Zeitungspapier ausgelegt. Ein rotes Kleid, noch ein rotes Kleid, ein brauner Rock aus Wolle, zwei grobgestrickte Pullover, aber nicht die erhoffte Mohairjacke. Ich ziehe meinen Mantel aus und beide Pullover übereinander an. Da ist sie, die Große Tamara auf meiner Haut. Maiglöckchen und ihre furchtbare Salbe aus Schlangengift, gegen Verspannungen und alles andere. Die Stiefel passen mir nicht, sie sind viel zu klein. Dass meine Großmutter so kleine Füße hatte, rührt mich. Kleine Füße, weiche runde Knie und einen kurzen Oberkörper. Als ich sie das letzte Mal gesehen habe, war sie sechzig und ich sechzehn. Sie trug die Haare kurz, rot und streng zur Seite gekämmt. Pjotr hat mich damals vom Flughafen abgeholt. Während der Fahrt von Moskau nach Bykovo hat er geschwiegen. Manchmal hat er mich verlegen von der Seite angeschaut. Ich werde sechzig und wünsche mir meine Enkelin, hatte sie geschrieben. Das bist du ihr schuldig, sagte meine Mutter. Schuldig. Hat sie Geld mitgeschickt für die Fahrt, fragte mein Vater. Er erwartete tatsächlich, dass meine Großmutter Geld aus der untergehenden Sowjetunion nach Deutschland schickte.

In der linken Ecke des Schrankes stehen große Männerfilzstiefel. Mit dicken Socken müssten sie passen. So würde ich ihr gefallen, der Großen Tamara. Jetzt siehst du aus wie ein Mensch. Wie eine echte arbeitende russische Frau, würde sie sagen. Jetzt geh dir noch deine Haare kämmen und mach dir einen Zopf. Wenn dir dein Pony in die Augen fällt, wirst du eines Tages blind. Dass deine Mutter dir das in Deutschland nicht beigebracht hat. Lange saßen wir abends im Wohnzimmer vor dem Fernseher, und sie stellte Fragen. Alles wollte sie wissen. Wie wir wohnen, wie groß die Wohnung ist, wie teuer die Wohnung ist, was die deutschen Frauen gerne kochen, ob ich viel lese, ob ich Puschkin und Dostojewski gelesen habe, ob wir in der Schule russische Bücher lesen, was mein Vater macht, ob ich Freunde habe, ob es in Deutschland wahre Freundschaft gibt und ob es stimmt, dass es in Deutschland so wenig Kinder gibt und dass die Deutschen so viel trinken. Kein Wort über Mama bis kurz vor meiner Abreise. Gib deiner Mutter einen Kuss von mir.

Da steht ein Foto auf der Kommode. Mama lacht in

die Kamera und ich, einen dicken Pilz in der Hand, sitze verlegen neben ihr. Dahinter ein Foto von mir und meinen Eltern. Wir liegen alle in einem großen Bett. Mein Vater hat eine Hand auf den Kopf meiner Mutter gelegt. Es sieht aus wie eine zärtliche Geste. Ich in der Mitte schaue ernst, erschöpft von der Lungenentzündung, die ich gerade überstanden hatte.

Von der Seele sprach dein Vater. Von Kunst und Körper. Nähe, Leidenschaft und Verbot. Wie ein Schaf sperrte sie den Mund auf, wenn dein Vater sie bezirzte. Er war ihr Kunstlehrer! Er hätte wissen müssen, wo sein Platz ist. Sie war sein Jungbrunnen, und er hat ihn ausgetrunken, sagte meine Großmutter, aber das verstehst du nicht. Als sie das Geburtshaus von Puschkin besuchten, eröffnete sie ihm, dass sie ein Kind erwartet. Er wollte sich versetzen lassen. In eine andere Stadt. Seine Laune vergessen, vorbeifahren wie ein Zug, der nichts hinterlässt als ein wenig Staub.

Die Große Tamara suchte eine kleine Wohnung für meine Eltern und bezahlte die Miete. Endlich konnte mein Vater seinen Künstlertraum leben. Jeder Schwangerschaftsmonat wurde auf Leinwand festgehalten. Meine Mutter war seine Matroschka, ein dickes Kind mit einem Kind im Bauch, das Gesicht auf allen Bildern abgewandt. Bild um Bild wuchs das dicke Kind, und endlich sprang das Kind aus dem dicken Kind und wuchs ebenfalls. Er malte weiter, und ich musste mir die Nase zuhalten, wenn ich sie besuchte, denn es roch nach faulen Eiern, die mein Vater zum Anrühren der

Farben verwendete. Wir sind nicht da, riefen sie kichernd und erregt, wenn es an der Tür klingelte. Ich stand vor der Tür, und meine Eltern haben sich versteckt wie Kinder, die etwas ausgeheckt haben, die Gefahr abwartend. Meine Großmutter stellte die Ordnung wieder her, zog die Vorhänge auf, versorgte alle mit Gemüse und frischem Fleisch. Junge Wölfe im Käfig. Nur wenn die Große Tamara sich mit den Worten «Bekomme ich wenigstens einen Tee?» laut atmend in den Sessel fallen ließ, nur dann lüftete mein Vater die Wohnung und sprach von der Zukunft.

Ich öffne das Fenster, der Schnee riecht nach Wäsche. Es ist bestimmt schon drei. In der Vorratskammer finde ich eingemachte Gurken, Pilze, grüne Tomaten, tatsächlich süße Kondensmilch und Haferkekse. Ein hervorragendes Essen. Jetzt muss ich nur noch Holz aus dem Schuppen holen. Draußen vor der Tür liegt mein Wolf und schläft. Klein sieht er aus, fast wie ein gewöhnlicher Hund. Was ist das für ein großer Garten. Zum ersten Mal wird mir bewusst, dass sich das Haus im Speckgürtel von Moskau befindet. Vielleicht bin ich bald reich, werde ich Mira schreiben. Meiner Mutter werde ich eine neue Klinik suchen, eine mit Ärzten, die Russisch sprechen. Krankheit braucht Heimat. Das Holz ist schwer, scheint aber trocken zu sein. Als würde ich täglich Holz holen, um damit Häuser zu beheizen.

Das Papier brennt schnell, und ich lege kleine Holzscheite nach. Innerhalb kurzer Zeit ist die Küche eingeräuchert. Meine Augen tränen, unter Mühen schaffe ich es, das Fenster zu erreichen. Vielleicht hätte ich irgendeine Luke öffnen müssen, damit der Rauch abziehen kann. Der Rauch brennt in meiner Kehle und frisst sich bis zur Lunge. Gleich werde ich ohnmächtig. Vorher schütte ich noch einen Eimer Wasser in den Ofen. In der Küche breitet sich eine ölige, schwarzgefleckte Pfütze aus. Verdammt! Und noch mehr verdammt! Hirschkuh! Das Kind ist zu nichts nütze. Recht hatten sie. Das Wasser sickert zwischen die Holzdielen.

Jetzt noch einmal die Augen schließen. Das Bett nimmt mich freundlich auf. Mein kleiner grüner Freund sitzt auf der Bettkante, hat die dünnen Beine, die in gelben Wollstrümpfen stecken, übereinandergeschlagen und wiegt den Kopf. Im Mundwinkel hat er einen Grashalm. Wo hast du den her, es ist Winter, sage ich. Er wiegt weiter den Kopf und antwortet nicht. Was soll das? Machst du dich über mich lustig? Er lacht hellauf und springt mit einem Satz auf den Boden. Ich kann ihn nicht mehr sehen. Nur den Grashalm hat er liegenlassen. Ein grüner Strich auf der Matratze. Ich höre Klappergeräusche aus der Küche. Die Große Tamara wird wohl putzen, denke ich. Mit schnellen Bewegungen wird sie den stinkigen Lappen über den Boden tanzen lassen und mit einer genauso schnellen Bewegung im Spülbecken auswringen. Wie eine Bärendame wird sie auf allen vieren ihren Hintern kreisen lassen und dabei leise Gemeinheiten zischen. Das dauert, bis das alles wieder trocken und sauber ist.

Ich kann nicht einschlafen und stehe wieder auf. Im

Regal entdecke ich hinter Büchern eine Pappschachtel. Ein Bündel Briefe. Mamas Handschrift. Mutter, lese ich, wenn Du mir antwortest, möchte ich Dich bitten, etwas leserlicher zu schreiben. Sergej hat endlich Arbeit gefunden. Es gibt hier viele russische Lokale, und er hat den Auftrag, sie folkloristisch auszumalen. Die Deutschen haben ein bestimmtes Bild von Russland. Aber er kann auch das. Ein Künstler eben. Ich weiß, wie du jetzt guckst, aber er wird seinen Weg schon machen. Ich putze abends einen Kindergarten, auch das klappt gut. Mascha hat eine Zwei in Deutsch bekommen! Eine Zwei ist hier die beste Note. Überhaupt ist sie die Beste in der Klasse.

Deutsch ist schwierig für mich. Vieles verstehe ich schon, aber ich bringe noch alles durcheinander. Nächsten Monat werden wir umziehen, in eine bessere Gegend. Wir haben dann auch ein Zimmer mehr. Vielleicht kommst Du uns besuchen? Ich gehe viel spazieren, am liebsten am Kanal oder im Park. Ich stelle mir dann vor, wie wir zusammen spazieren könnten. Wenn Du dazu Lust hättest. Ich lege ein Bild von der Rodnina bei. Sie sieht aus wie eine Schildkröte, ich weiß wirklich nicht, was Du an ihr findest. Ich freue mich sehr über Post von Dir, aber ich weiß, dass Du viel zu tun hast. Sei umarmt, Deine Lina.

Da muss ich noch in der Grundschule gewesen sein. Am Kanal ist sie spaziert. Ich dachte, sie hätte auch tagsüber gearbeitet. Der nächste Brief ist ebenfalls von Mama:

Mutter, vielleicht können wir mal telefonieren? Ich habe neue Arbeit gefunden, in einer richtigen Boutique. Es gibt hier so viele schöne Sachen. Ich stelle mir vor, wie Du in diesen Kleidern aussehen würdest. Du könntest sie an einer Promenade ausführen. Ein Kleid habe ich Dir schon zurückgelegt, fast gekauft ... Mascha ist in letzter Zeit seltsam. Sie zieht sich zurück. Manchmal kommt sie mir vor wie Du, sie tüftelt ständig vor sich hin. Sergej hat ihr zum Geburtstag einen Chemiebaukasten geschenkt. Wo er den herhat, wollte er mir nicht verraten. Jetzt macht sie «Experimente». Ich habe Angst, dass sie uns alle in die Luft sprengt. Lang sind die Tage hier. Irgendwie besonders lang. Was gibt es noch zu erzählen? Kaum ist Andropow tot, kommt schon wieder so ein alter Mann. Das kann doch nicht gutgehen. Sergej sagt, der bleibt auch nicht lange. Man kann hier alles im ...

Der letzte Satz ist kaum zu lesen und die nächsten gar nicht mehr. Sie sind mit Tinte durchgestrichen.

An der Decke ist ein Riss. Er sieht aus wie eine Narbe, als hätte jemand das Haus verletzt, als ich nicht da war. Die weiße Farbe blättert ein wenig ab, darunter kommt ein gelber Fleck zum Vorschein. Das Holz am Fenster hat sich grotesk verzogen. Eine seltene Eisblume ziert die Scheibe, und ich will sie wegkratzen, aber mein Arm bleibt schwer auf der bulgarischen Decke liegen. Als Kind habe ich meine Großmutter oft gebeten, Vorhänge vor dem Fenster anzubringen. Ich fand es unheimlich, ebenerdig zu schlafen. Wenn mich nicht die

Schneekönigin besuchte, war es ein hagerer Riese mit einer langen gebogenen Nase und vielen Goldzähnen im Mund. Er kam gern kurz vor dem Einschlafen, klopfte leise an die Scheibe, sah mich ernst an und verschwand genauso schnell wieder. Das ist doch ein Hirngespinst, Vorhänge brauchst du nicht, sagte meine Großmutter. Aus der Küche kommen keine Laute mehr. Ich höre nur noch die Standuhr ticken. Ich setze mich auf und lege mich wieder hin. Ich war nie die Beste in der Klasse, war immer weit davon entfernt. Wäre meine Mutter einmal zu den Elternabenden gegangen, hätte sie es gewusst. Das Einzige, was mich wirklich in der Schule interessiert hat, war unser kleiner Schulgarten, den ich zusammen mit einem Jungen aus der Parallelklasse bewirtschaftete. Für unsere selber ausgemendelte Zwergmöhre haben wir sogar den Deutschen Schulbotanikpreis bekommen.

Ich lege die Briefe wieder in die Pappschachtel und gehe, eingewickelt in die dicke Decke, in die Küche. Mich fröstelt. Wieso kann mir nicht jemand helfen? Alles ist nass und schmutzig. Vielleicht werde ich niemals richtig zufrieden sein mit meinem Leben. Und jetzt fühle ich mich plötzlich wieder so, wie ich mich gefühlt habe, als ich einen Bandscheibenvorfall hatte. Eine Ewigkeit musste ich liegen und bin Tag für Tag, Stunde für Stunde im Geiste mein Leben durchgegangen. So lange, bis ich angefangen habe, laut zu sprechen, um mich zu vergewissern, dass ich es bin, die da denkt. Vielleicht ist mir ein anderes Leben zugedacht. Vielleicht habe ich ein wichtiges Zeichen nicht erkannt.

Meine Unterlippe zittert, und meine Augen fangen an zu brennen. Ich will nach Hause, rufe ich laut unter Tränen. Nein, ich will nicht nach Hause. Ich habe kein Zuhause. Ich weiß nicht, wer ich bin. Ich bin eine Hochstaplerin. Alles wird auffliegen. Wenn ich nach meinem Leben gefragt werde, zähle ich monoton die Stationen auf. Erstklassiges Examen. Als eine unter vielen Bewerbern meine Wohnung bekommen. Der Job in der Schule, der ist, wie er ist. Wie ein Lastwagenfahrer, der seine Fracht abliefert. Von Station zu Station. Ich spreche wie andere, ich bewege mich wie andere, aber ich gehöre nicht dazu. Ein Schritt abseits. Vielleicht auch zwei. Wenn ich vor der Klasse stehe, können sie durch mich hindurchblicken. Meine Worte haben keine Nachdrücklichkeit, die Satzmelodie öffnet sich zum Ende hin. Ich frage mich, warum ich mit alldem hier konfrontiert bin, warum ich mich habe konfrontieren lassen. Ich frage mich: Wer hat das veranlasst? Das, was ich über meine Großmutter weiß, hat vielleicht nicht viel mit meiner Großmutter zu tun, das würde meine Großmutter sagen. Ich aber sage, das ist alles meine Großmutter! Meine Großmutter hat immer gesagt, dass Lenin gesagt hat, dass man sich in Bezug auf die Wahrheit fragen muss: Warum ist eine Wahrheit da? Warum ist eine Wahrheit plötzlich da? Warum ist eine Wahrheit da, wo sie dann ist? Die Wahrheit kann keine Grundlage sein. Ich stehe vor der Klasse, wie immer zu wenig im Magen, und mit Erstaunen denke ich, was ich alles aushalten kann.

Gleich kommt Pjotr. Unter der Spüle liegen Lappen. Sowjetische Lappen. Auch ich kann sie tanzen lassen, auch ich kann putzen. Es geht doch. Das Wasser ist kalt, und im Lappen verfangen sich Haare und Ruß. Haare meiner Großmutter. Graurote Haare der Großen Tamara. Das Klopfen habe ich nicht gehört. Pjotr steht in der Tür und lächelt verlegen. Er trägt eine rote Daunenjacke und eine Fellmütze. Jung sieht er aus. Was ist mit deinem Auge passiert, frage ich.

Operiert, sagt er.

Einfach so?

Ja, einfach so. Und du, was machst du da?

Ich habe versucht, den Ofen anzumachen.

Verstehe. Lass dich umarmen, du siehst ja aus wie deine Großmutter, ich meine, was du anhast, sagt er und drückt mich fest und ungelenk.

Meine Arme sind steif am Körper. Ich habe Angst, ihn schmutzig zu machen. Ja, sage ich, mir war kalt, und ich habe wenig warme Sachen mitgenommen.

Er legt seine Mütze ab, holt Holz hinter dem Ofen hervor und hockt sich vor die Ofenklappe. Das ist ja alles nass, sagt er und sieht mich vorwurfsvoll an. Hast du da etwa Wasser reingeschüttet? Das kann dauern, sagt er, zündet sich eine Zigarette an und beginnt im Ofen zu hantieren.

Ja, einen ganzen Eimer, sage ich.

Gute Idee, Mascha. Du hast einen interessanten Akzent bekommen. Klingt georgisch. Vielleicht lebst du gar nicht in Deutschland, sondern in Georgien. Hast uns all die Jahre hinters Licht geführt. Von wegen Deutschland und Berlin. In Georgien hat sie gehaust, einen georgischen Mann geheiratet, dass der dich überhaupt hat wegfahren lassen, die georgischen Männer sind streng. Wie viele Kinder hast du, fragt er. Er sieht mich nicht an, einen Arm tief im Ofen. Er zieht den Lappen heraus und schichtet Pappe, kleine und große Holzscheite aufeinander, so sorgfältig, als würde er einen Fisch ausnehmen.

Fünf, sage ich.

Ach, Mascha, sagt er und öffnet die Klappe am Abzug. Fertig. Jetzt kannst du es noch einmal versuchen. Er reicht mir die Streichhölzer.

Als ich sechs war und ihn fragte, ob er mich später heiraten würde, sagte er auch: Ach, Mascha. Es fühlt sich genauso an. Ich versuche, meine Hand ruhig zu halten und so souverän wie möglich den sorgfältig gebauten kleinen Berg aus Holzscheiten, Zeitungspapier und Pappe anzuzünden.

Pjotr hat die Daunenjacke ausgezogen und die Ärmel seines dicken Pullovers etwas hochgekrempelt. Er sieht aus wie ein Seemann, der zu wenig schläft und das Meer hasst. Mein Streichholz verglimmt, er gibt mir ein neues. Jetzt zittert meine Hand doch ein wenig, aber der Ofen brennt.

Bier oder Tee, fragt er.

Tee.

Ich habe Fisch mitgebracht. Selbst geräuchert. Letztes Jahr gab es bei uns so viele Fische, das glaubst du gar nicht. Tomaten, Brot, Butter, und irgendwo in der Kammer müssten noch Pilze sein. Du siehst ganz ausgehungert aus. Ich muss mal mit deinem Mann sprechen, sagt er und packt seinen Rucksack aus. Kochst du den Tee, fragt er und zeigt mit seinem Kinn auf den alten weißen Wasserkessel.

Ich weiß, wo der Wasserkessel steht, denke ich. Warum habe ich schlechte Laune? Es ist Pjotr. Mein Pjotr. Der mit dem Hängeauge, jetzt ohne Hängeauge. Mein Pjotr, der erst zweimal in der Woche kam, dann viermal, dann ein Zustellbett im Wohnzimmer bekam. Dein Großvater im Himmel ist glücklich, dass wir Pjotr haben, ein Mann im Haus ist wichtig, sagte Großmutter. Sie sah dabei zur Seite oder strich ihre kurzen Haare glatt. Vier Löffel Tee auf eine Kanne.

Tu ruhig mehr Tee hinein, er soll schön stark sein, sagt Pjotr, der seine Augen überall zu haben scheint.

Gut, mehr Tee. Ich hätte jetzt lieber einen Kräutertee. Aber Kräutertee gibt es in Russland nicht. Kräutertee trinkt man schlückchenweise, und wenn überhaupt, dann im Krankenhaus kurz vor dem Ableben. Er schneidet das Graubrot in dicke Scheiben und legt vier getrocknete salzige Fischmumien auf einen Teller. Wollen wir nicht lieber die anderen Teller nehmen, sage ich, diese dürfen doch nur zu besonderen Anlässen genommen werden.

Ist das kein besonderer Anlass, fragt er.

Ich will jetzt nicht antworten. Ich will Tee trinken. Die Große Tamara hat mindestens vier Löffel Zucker in ihren Tee getan. Manchmal hat sie außerdem ein Stück Würfelzucker in den Tee getunkt und gelutscht. Auch ich tunke ein Stückchen hinein, und Pjotr sieht zufrieden aus.

Zum Anstoßen habe ich uns ein Fläschchen mitgebracht, es sind genau zwei Gläschen für jeden, sagt er und schenkt ein.

Die guten Wodkagläser, wieder aus der Vitrine. Die wurden nur an Geburtstagen oder bei Todesfällen herausgeholt. Aus China.

Als könne er meine Gedanken lesen, sagt er: Sie sieht es nicht, entspann dich. Auf dich, Maschenka, darauf, dass du gekommen bist! Dass du nach Hause gekommen bist, und darauf, dass wir das hier zusammen gut überstehen! Zum ersten Mal sind seine Augen weich.

Danke, sage ich. Ich weiß nicht, wofür ich mich bedanke. Ich spüre, wie eine warme Welle in meine Kehle steigt. Meine Augen beginnen zu tränen, und Pjotr schenkt nach.

So, jetzt du, sagt er.

Ich muss schlucken. In Deutschland ist es nicht üblich, sage ich. Was ist los mit mir? Ich geniere mich.

Was ist nicht üblich, fragt er und hält erwartungsvoll sein Wodkaglas hoch.

Es ist nicht üblich, sich ständig zuzuprosten, denke ich und sage: Ich trinke auf dich, darauf, dass du dich all die Jahre so um Großmutter gekümmert hast! Es tut gut, etwas zu essen. Der Fisch schmeckt, das Brot und die Pilze sind wunderbar. Ich esse schnell und merke erst gar nicht, dass Pjotr nicht isst, sondern mich ruhig betrachtet, wie ein Bild in einem Museum.

Wie alt bist du jetzt, Mascha?

Siebenunddreißig, sage ich, und es klingt wie dreiundfünfzig.

Als ich dich das letzte Mal gesehen habe, warst du zwölf.

Nein, ich war sechzehn.

Ach, sechzehn, aber du sahst aus wie zwölf.

Kann sein, sage ich und esse weiter. Gibt es mehr Fisch?

Er lacht und sagt: Tut mir leid, ich wusste nicht, dass du so großen Hunger hast.

Mit vierzehn wurde ich nicht mehr nach meinem Ausweis gefragt, wenn ich tanzen ging. Wieso sagt er zwölf? Wieso sagt er, ich sah aus wie ein Kind, denke ich.

Hast du gut geschlafen, fragt er.

Relativ gut, sage ich. Es war kalt und ehrlich gesagt auch etwas ungewohnt, hier so allein zu sein. Großmutter fehlt. Ich bin mit dem Taxi gekommen. Dann bin ich an deinem Haus ausgestiegen und durch den Wald gegangen. Ich musste ja irgendwie hierherkommen. Es ist nichts passiert. Ich meine: Ich lebe noch.

Sie fehlt mir auch, zum Ende hin hat sie sich gehenlassen, sagt er.

Sie war krank, sie hatte Schmerzen, sage ich.

Pjotr zündet sich eine Zigarette an und sieht aus dem Fenster, als habe er mich nicht gehört. Es gibt Menschen, die nicht krank werden dürfen. Es steht ihnen nicht, verstehst du? Davon komme ich nicht los, sagt er hustend. Rauchst du?

Ja.

Ich weiß gar nichts über dich.

Seine Augenbrauen sind noch dunkel und in der Mitte zusammengewachsen. Oberhalb seines linken Auges sehe ich die frische Narbe. Pjotr, der mit dem Hängeauge. Jetzt ohne Hängeauge. Er fährt sich mit der Zungenspitze über die Unterlippe. Das tut er oft. Das hat er schon immer getan. Ich mag das. Es ist eine schnelle Bewegung. Es wird warm in der Küche, und ich kann einen Pullover ausziehen. Lebt die Rodnina eigentlich noch, frage ich.

Die Rodnina? Wie kommst du denn auf die Rodnina?

Ich habe Briefe gefunden, und in einem hat Mama ein Bild von der Rodnina mitgeschickt.

Deiner Großmutter zuliebe habe ich manchmal mit ihr Eiskunstlauf gesehen. Den Partner der Rodnina, wie hieß der noch, den hat Tamara gehasst. Sein Name durfte in diesem Haus nicht erwähnt werden. Koch wäre der besser geworden, sagte sie immer.

Ich wollte auch Eiskunstläuferin werden. Aber sie sagte, ich hätte zu kurze Beine.

Und hast du?

Weiß ich nicht, sage ich. Etwas spöttisch sieht er mich an und wischt mit dem Ärmel die Asche vom Tisch.

Aber jetzt weißt du, wie man einen Ofen anzündet, ja?

Danke, du hast es mir ja gezeigt, sage ich. Er hat die Ironie verstanden, steht auf und setzt Wasser auf.

Hast du Kinder, fragt er.

Nein. Hast du Kinder?

Das weißt du doch, sagt er, wann hätte ich Kinder haben sollen.

So kann man das natürlich auch sehen, denke ich.

Die Spannung ist mir unangenehm. Als ich mit sechzehn hier war, nahm er mich mit zum Angeln. Morgens um vier sind wir aufgebrochen und haben kaum ein Wort gesprochen. Er war stumm, wie seine Fische, die er fast zärtlich aufschlitzte und ausnahm. Die Köpfe legte er zur Seite und packte sie in Zeitungspapier, für die Suppe, sagte er. Es war ein heißer Tag, und plötzlich sprang er auf, zog sich aus und lief nackt in den See. Das Licht war so gleißend, dass ich nur seine Umrisse erkennen konnte. Damals wäre ich gern weggelaufen. Pjotr hat sich ausgezogen und ist nackt geschwommen, habe ich Großmutter erzählt. Und du, hast du dich auch nackt ausgezogen, fragte sie mich. Das war einige Tage vor meiner Abreise. Pjotr habe ich die verbleibenden Tage nicht mehr gesehen. Sie selbst hat mich zum Flughafen gebracht in ihrem weißen Moskwitsch mit den roten Kunstledersitzen. Später habe ich mir manchmal vorgestellt, wie er in den See springt und mir aus dem Wasser etwas zuruft, das ich nicht verstehe. Er winkt mich zu sich. Ich gehe wie eine Blinde, den Blick starr geradeaus, ohne zu zögern, ins Wasser, erstaunt, mich dieser Situation ausgesetzt zu haben. Das Wasser ist warm, und ich bin hautlos unter seinen Blicken. Glitschige kleine Fische, fast schwarz, wie lackiert, umkreisen mich, streifen meine Schenkel. Etwas Schweres legt sich auf meine Lunge. Mein Herz klopft. Was tust du, frage ich, arbeitest du irgendwo? Er setzt sich wieder an den Tisch und zieht eine Zigarette aus der Schachtel.

Hier im Haus war immer eine Menge zu tun, sagt er. Letztes Jahr war das Dach undicht, dann habe ich den neuen Schuppen gebaut, auf der anderen Seite des Gartens, du hast ihn wahrscheinlich noch nicht gesehen. Dein rotes Pferdchen ist auch dort, ich habe es aufbewahrt. Tamara war früher viel unterwegs. Sie hat sogar im Westen Vorträge gehalten, wusstest du das? Egal, wie weit die da drüben sind, sagte sie, wir bauen doch die besten Raketen.

Manchmal nahm meine Großmutter mich mit ins Institut. Ein großes, seriöses Gebäude mit einem Pförtner, dem meine Großmutter Marlboros zusteckte, weil Kinder nicht ins Institut durften. Manchmal saß ich bei ihm, und wir spielten mit seinen fettigen Karten. Er erzählte stolz von seinem Vater, der in Norilsk am Bau des Nickelkombinats beteiligt war. Eigentlich mag ich keine Kinder, sagte er, Kinder sind lästig. Man kann mit ihnen machen, was man will, sie wehren sich nicht, bleiben anhänglich und sind nur deshalb gut, weil sie nicht schlecht sind. Ich habe mir diesen Satz gemerkt, weil er mir Angst gemacht hat. Ich habe viel darüber nachgedacht, und irgendwann habe ich zu ihm gesagt, dass es auch schlechte Kinder gibt. Davon hätte ich gehört, sagte er, ich bin der Pförtner, mir entgehen solche Informationen nicht. Bei mir in der Schule gibt es ein schlechtes Kind. Er heißt Boris und haut alle tot, sagte ich. Dann bring mir diesen Boris, und wir machen ihn fertig, sagte er. Ich habe vergessen, wie der Pförtner hieß. Weißt du, wie der Pförtner im Institut hieß, frage ich Pjotr, der jetzt auch angefangen hat zu essen.

Nein, woher soll ich das wissen, niemand durfte dorthin.

Er hat seinen Kopf in die Hand gestützt und sieht mich an.

Da sind wir nun, sagt er.

Ich höre auf zu atmen, und mein rechter Fuß wippt. Ich habe keine Kontrolle über meinen rechten Fuß. Großvaters Winterstiefel. Vielleicht sind das nicht Großvaters Stiefel, sondern Pjotrs. Es wäre mir unangenehm, seine Stiefel zu tragen. Vielleicht kann ich unbemerkt verschwinden und sie ausziehen. Ich müsste sowieso ins Bad. Sehen, wie mein Gesicht wirkt. Vielleicht meine Haare kämmen, oder waschen. Schnell waschen. Wann wird er gehen? Es gibt viel zu besprechen. Dieser Mann ist mir fremd. Es ist Pjotr. Wer ist

Pjotr? Was hat er hier gemacht? Wieso bewegt er sich hier in dieser Küche so sicher? Wenn ich im Restaurant sitze oder auf einer Feier bin, verschwinde ich manchmal zur Toilette, um Luft zu holen, um meine Gesichtszüge zu entspannen, um meine Augen kreisen zu lassen. In meinem Rucksack piepst es. Mein Telefon piepst.

Was ist das, fragt Pjotr.

Mein Handy, sage ich und nehme mir noch eine Scheibe Brot.

Willst du nicht rangehen?

Doch, natürlich. Ich sehe Miras Namen blinken. Hallo, Mira, sage ich.

Bist du wahnsinnig geworden, schreit sie ins Telefon. Was soll das? Wo bist du? Ich verstehe dich nicht! Es rauscht, und ihre Sätze sind zerhackt.

Ich bin in Bykovo, sage ich leise, als wäre es ein Geheimnis.

Pjotr sieht mich amüsiert an.

Wo bist du, fragt Mira.

Ich bin in Bykovo, bei Moskau.

Was tust du da? Sprich lauter, ich verstehe dich kaum. Warum hast du nichts gesagt?

Ich mache die Tür auf und gehe auf die Veranda. Die Luft kühlt mein Gesicht. Ich erkläre dir das später, ich rufe morgen an, sage ich.

Du musst hinter das Haus gehen, höre ich Pjotr rufen. Dort ist der Empfang besser.

Mir geht es gut, sage ich. Ich sitze hier mit einem

Freund. Wir essen Fisch und trinken Tee. Wir haben uns lange nicht gesehen. Was ist bei dir? Es tut mir leid. Ich hätte dir Bescheid sagen müssen, aber es ging alles so schnell. Pjotr ist jetzt auch hinausgetreten. Er steht dicht neben mir, und ich sehe seinen Atem. Ein Drache.

Du musst hinter das Haus gehen, sagt er wieder. Hier verstehst du doch nichts.

Ja, der Empfang ist weg, sage ich. Jetzt mischt sich unser Atem.

Lass uns reingehen, sonst erkältest du dich, sagt er. Er legt seinen Arm um meine Schulter und drückt mich an sich. Seine Finger umklammern fest meinen Oberarm.

Als ich klein war, durfte ich für meinen Vater und seine Freunde Kaffee kochen. Sie wollten ihn stark und ohne Milch und Zucker. Oft kamen sie abends zu uns nach Hause, in unsere Wohnung in Berlin, dann in Köln, dann wieder in Berlin. Berlin-Marienfelde. An der Heilandsweide 44. Künstlerfreunde, die meinen Arm ebenso fest umklammerten, die er überall aufspürte, um Kaffee zu trinken und zu diskutieren. Meine Mutter stand manchmal an der Tür, wie ein Kind, das lauscht, Verbotenes hören will. Nur ich durfte den Raum mit der Kaffeekanne betreten. Die Gespräche verstummten, mein Vater kniff mich in die Seite, und seine Freunde lachten. Was reden sie, fragte mich meine Mutter, wenn ich aus dem verrauchten Wohnzimmer kam. Nichts, sagte ich, sie sitzen nur da und schweigen. Aber ich höre Stimmen, sagte sie. Geh wieder ins Bett, Mama. Ich musste sie sanft ins Schlafzimmer schieben und an ihrem Bett sitzen. Ihre Hand in meiner, sang sie mir vor. Russische Kinderlieder. «Und dann irgendwann fangen die Wolken an zu tanzen, und der Grashüpfer spielt auf seiner Geige.» Am nächsten Tag, in der Schule, bin ich im Unterricht oft eingeschlafen. In meinen Schulbüchern winzige Spuckeflecken.

Wer war das, fragt Pjotr, wer hat dich angerufen?

Das war Mira, eine Freundin aus Berlin. Ich habe ihr gar nicht erzählt, dass ich hierherfahre.

Er lässt meinen Arm los, und ich spüre den Abdruck, den seine Hand hinterlassen hat. Er setzt sich wieder an den Tisch und gähnt laut. Er prüft mich, aber ich weiß nicht, worauf. Irgendetwas erwartet er. Ich komme gleich, sage ich und gehe ins Bad. Da ist mein Gesicht. Meine Augen dick, etwas gerötet. Die Wimperntusche verschmiert. Mit Wasser versuche ich sie wegzuwischen. Im Regal neben dem Waschbecken steht Parfüm. «Belle Époque» ist in kyrillischer Schrift auf dem Flakon zu lesen. Es riecht nach dunklen Samtvorhängen, Staub und Weichspüler. Ich sprühe mir «Belle Époque» ins Dekolleté. Neben dem Parfüm ein Lippenstift, ein Kamm, eine Plastiktüte mit Lockenwicklern, eine kleine Porzellanfigur. Im anderen Fach geblümte Handtücher, Seife und eine Glasschale mit getrockneten, eingestaubten Rosenblättern. Darunter Tabletten, Tropfen und eine gebrauchte Spritze. Die

Tabletten kenne ich nicht. Der Lippenstift ist dunkelrot und lässt sich schwer wieder abwischen, es bleiben feine rote Spuren in meinen Lippenfalten. Neben dem Waschbecken hängt der Morgenmantel meiner Großmutter. Hängende, weiche Schultern, ein gelber Fettrand im weißen Kragen. Ich verkrieche mich in meiner Großmutter. Sie riecht nach ranziger Creme und Baldrian. Wenn sie mir einen Gutenachtkuss gab, hatte ich eine fettige Cremewange. Erst wenn sie in der Tür verschwand, habe ich die Creme an meinem Stoffaffen abgewischt, der hat sich gewunden wie ein Wurm und dabei Unverständliches gemurmelt. Das Bad ist hellrosa gekachelt. Die rosa Kacheln kamen nach ihrer Dienstreise nach Peking. Sieht es nicht aus wie bei Marie Antoinette, rief sie, als es fertig war. Wer ist das, fragte ich. Was bist du dumm, sagte sie.

Ist alles in Ordnung, höre ich Pjotrs Stimme. Ja, rufe ich, und mein Kopf glüht. Ich möchte meinen Körper in diesem Mantel lassen. Ich möchte als eine andere zu Pjotr in die Küche gehen. Das bin nicht ich, hier in diesem Haus. Es ist ein großes Missverständnis, werde ich zu Pjotr sagen. Du hast die Falsche angerufen, Pjotr. Ich bin in Berlin geboren, im Urbankrankenhaus. Kreuzberg. Meine Mutter arbeitet halbtags in einem Altenheim, und mein Vater ist Anwalt. Strafrecht. Mach den Kindern keine Angst, sagt meine Mutter, wenn er leise und hinter vorgehaltener Hand von seinen Fällen erzählt. Sie gibt ihm einen Kuss, und wir Kinder lächeln verschämt. Ich habe ein ordentliches

Gymnasium besucht, ich habe ein ordentliches Abitur gemacht und war dann ein Jahr in Afrika. Entwicklungshilfe. Dort wurde ich krank und habe seitdem eine Sehschwäche. Nach einem abgebrochenen Medizinstudium habe ich Arbeit gefunden in einer Agentur, die Künstler an Wirtschaftsunternehmen vermittelt. Ich habe ein Theaterabonnement und einen Sohn, der musikalisch sehr begabt ist. Ich bin das zweite Mal glücklich verheiratet, gehe regelmäßig zu einem Therapeuten, und ein Leben im Süden kann ich mir sehr gut vorstellen. Mit diesem Haus habe ich nichts zu tun. Die Reisekosten hätte ich gern erstattet, Pjotr.

Jetzt steht er vor der Tür und klopft. Zunächst zaghaft, dann lauter. Mascha, ist alles in Ordnung, fragt er. Mein Herz pocht nicht mehr. Zum Glück kenne ich den Igeltrick. Das habe ich mir als Kind beigebracht. In gefährlichen Situationen werde ich klein und hart wie ein Stein. Das hat mich schon oft gerettet. Sogar dann, wenn ich mir der Gefahr gar nicht so bewusst war. Erst im Nachhinein. Wo ist meine Mascha, wo hat sie sich versteckt, sagte meine Mutter, wenn ich zum Stein wurde. Ich habe dich auf meinem Nachttisch liegen, neben meiner Teetasse und neben meinen Tabletten, schrieb sie. Du wechselst deine Farbe. Morgens schimmerst du grünlich violett, und abends bist du ganz dunkel, fast schwarz.

Ich komme, sage ich und ziehe die Toilettenspülung. Das Wasser rauscht laut. Ist die Toilette kaputt, rufe ich.

Hast du was gesagt, fragt Pjotr.

Die Toilette, ist die kaputt, wiederhole ich.

Nein, sagt er, du musst einfach zweimal ziehen. Und nicht so fest. Seine Schritte entfernen sich, und ich höre Geklapper in der Küche. Jetzt räumt er auf. Es klingelt. Ein Telefon klingelt. Es ist nicht mein Handy. Pjotr lacht laut und verstummt dann. Leise gehe ich in die Küche. Er steht mit dem Rücken zu mir und sieht aus dem Fenster. Da muss ich fragen, sagt er. Sein Handy ist so klein, dass es in seiner Hand verschwindet. Es sieht aus, als würde er in die hohle Hand sprechen. Da ist sie, sagt er, ich frage sie.

Mascha, ein Freund, ein Bekannter würde sich gern das Haus ansehen, sagt er und hält die Hand gegen das Telefon, sodass der andere nicht mithören kann. Er könnte in einer halben Stunde da sein. Was denkst du?

Ach so, sage ich. Wozu ansehen?

Pjotr hält seinen Kopf schief, als habe er mich nicht verstanden. Mascha ist einverstanden, sagt er wieder zu seiner Hand. Das ist die Enkelin. Bis gleich. Den Weg kennst du, oder?

Der hat Geld, Mascha, sagt er. Das Haus ist eine Menge wert. Der ist in Ordnung. Redet ein bisschen viel, aber sonst ist er in Ordnung. Wir kennen uns noch von früher.

Wann früher, frage ich.

Pjotr stellt den Teekessel ab und sieht mich an. Ein Gesicht hinter Glas, in einem schwarzlackierten Rahmen. Zwischen dem Gesicht und dem Glas hat sich eine Menge Staub angesammelt, sodass das Gesicht blass wirkt.

Das Haus ansehen. Ein Fremder kommt, das Haus anzusehen. Dabei ist es schon dunkel. Ich habe nicht nein gesagt. Ich habe nur «ach so» gesagt. Er kennt ihn von früher. Wann früher, wollte ich wissen. Welches Früher? Er hat mir nicht geantwortet.

Früher, bei der Miliz, sagt er und lacht. Sein Lachen klingt wie das Lachen einer reichen Dame, die ihren Mops ausführt und eine andere reiche Dame mit einem Mops trifft.

Was kostet das Haus, frage ich.

Pjotr scheint sich über diese Frage zu freuen. Geschäftig holt er aus seinem Rucksack eine Mappe heraus, räumt den Küchentisch frei und breitet viel Papier aus. Viele kyrillische Buchstaben, Zahlen auf dickem sozialistischem Papier. Wie Löschpapier, das nach nassem Baum riecht. Einige Zahlen sind unterstrichen. Eingekringelt. Unterschriften, ein Bauplan, ein Grundriss. Stempel. Das Haus. Der Garten. Alles auf dem Löschpapier. Zwischen dem rauen Löschpapier auch weißes, glattes Papier. Pjotr sortiert, und ich versuche, irgendetwas zu verstehen. Ich erkenne einzelne Buchstaben, aber keinen Zusammenhang. So schnell bin ich nicht. Himmel, ist dein Russisch schlecht, sagte meine Großmutter. Hat dir das deine Mutter nicht beigebracht? Das ist eine Schande, die Muttersprache nicht zu beherrschen. Eine Schande.

Ich bin froh, dass ich Deutsch gelernt habe, sagte ich. Das eine hat mit dem anderen nichts zu tun, sagte sie. Es ist deine Muttersprache. Dabei schnaufte sie, als hätte sie Schnupftabak in der Nase.

Pjotr hält mir ein weißes, glattes Papier hin. Das musst du noch unterschreiben, sagt er und kramt nach einem Stift.

Was ist das, frage ich.

Deine Einverständniserklärung, sagt er, es war ihr Wunsch, aber lies selbst.

Ich erkenne meinen Namen. Kannst du kurz das Fenster öffnen, frage ich. Er sieht mich an wie meine neue Lehrerin, kurz nach unserer Auswanderung. Ihren Namen habe ich vergessen. Sie trug große goldene Ringe in den Ohren, und ihr Mund bewegte sich schnell. Mit einer Pohälfte saß sie auf meinem kleinen Tisch, beugte sich zu mir herunter, und ich konnte riechen, dass sie Kaffee getrunken hatte. Verschiedene Laute kamen aus diesem Mund. Pause. Dann wieder Laute. Dann kam das Lachen. Erst lachte sie, dann die ganze Klasse. Ich sagte: Ja, danke. Das Lachen schwoll an, und ich lachte mit. So lange, bis mich meine Tischnachbarin ins Bein kniff und ihre Augen verdrehte. Kopfschüttelnd stand meine Lehrerin vom Tisch auf, der Unterricht ging weiter. Sie schrieb etwas an die Tafel, und ich schrieb es ab. In der Pause versteckte ich mich auf der Toilette. Später erzählte ich alles meiner Mutter. Dann sprich mit denen Russisch, das verstehen *die* nicht, sagte sie. Am nächsten Tag stand sie plötzlich mitten im Unterricht in meinem Klassenzimmer und beschimpfte die Lehrerin. Erst auf Russisch, dann Englisch, und dann kamen auch einige aufgeschnappte deutsche Wörter aus ihr herausgeflogen. Meine Lehrerin wurde rot, dann weiß. Ich sah, wie draußen vor dem Fenster ein Vogel immer hin- und herflog. Er muss noch sehr jung gewesen sein, weil er immer wieder abstürzte. Hast du einen anderen Stift, frage ich.

Was ist mit dem Stift nicht in Ordnung? Ich habe keinen anderen, sagt Pjotr.

Ich lege die Erklärung zur Seite. Ich unterschreibe später, sage ich.

Gut, wie du willst.

Er mustert mich. Seine Augenbrauen schieben sich zusammen, und er atmet hörbar aus.

Wie lange kannst du bleiben, Mascha?

Wenn wir alles erledigt haben, fliege ich zurück, sage ich im gleichen Ton wie: Holt eure Hefte raus! Oder: Ich bin enttäuscht, die Arbeit ist wider Erwarten schlecht ausgefallen.

Und du bekommst keinen Ärger mit deinem Chef, wenn du lange weg bist?

Doch, bestimmt.

Wie groß ist deine Wohnung, Mascha?

Sechsundfünfzig Quadratmeter, und ein kleiner Balkon zur Straße. Außerdem habe ich noch einen Kellerraum. Der ist vier Quadratmeter groß.

Bist du dir sicher, dass deine Wohnung exakt sechsundfünfzig Quadratmeter groß ist?

So steht es im Mietvertrag, sage ich. Er macht sich über mich lustig. Und wie viele Quadratmeter hat dieses Haus, frage ich.

Keine Ahnung. Wirklich nicht. Ich weiß es nicht. In den Bauplänen finden sich vier verschiedene Angaben. Hier heißt es, das Haus hat einhundertneunundsechzig Quadratmeter, er zeigt auf ein Löschpapier. Und hier hat vor ein paar Jahren irgend so ein Moskauer nur einhundertfünfzig gemessen. Dann gibt es die Pläne von deinem Großvater, der ganze zweihundertsechzig Quadratmeter gemessen hat.

Das wird ja wohl stimmen, er wird es doch am besten wissen, oder, sage ich und bin über meinen scharfen Ton erstaunt.

Ja, sicher, sagt Pjotr milde wie zu einer Kranken. Wir können es auch ausmessen, wenn du möchtest. Es gibt sogar ein Maßband. Dann wissen wir es ganz genau. Oder wir bestimmen einfach die Mitte aus allen Angaben. Tamara könnte uns das jetzt ganz schnell ausrechnen.

Das Haus hat zweihundertsechzig Quadratmeter. Großvater hat es gebaut und die Pläne gemacht. Also wird es wohl stimmen, sage ich.

Mascha, sieh dich doch um. Siehst du hier zweihundertsechzig Quadratmeter? Wo denn? Das ist doch Wunschdenken, sagt Pjotr jetzt lauter.

Die Terrasse. Der Dachboden, sage ich.

Der Dachboden? Es geht um Wohnfläche. Kann man auf dem Dachboden wohnen?

Man könnte den Dachboden ausbauen. So hat er das bestimmt berechnet.

Und wenn es so wäre, viel Platz gewinnt man damit nicht.

Der große Schrank und die Truhe und all die anderen Sachen standen doch dort auch immer.

Wie du dich bestimmt erinnerst, konnte man sich kaum um die eigene Achse drehen. Weil eben all dieser Krempel oben stand und es die Dachschrägen gibt. Pjotrs Zigaretten fallen vom Küchentisch. Als er sich bückt, um sie aufzuheben, fasst er sich ins Kreuz. Ich kann ein weißes Unterhemd sehen. Das grüne Männlein und ich hatten immer genug Platz. Krempel, hat er gesagt. Er nennt den alten Schrank und die Truhe Krempel. In der Truhe bewahrte Großmutter Tischwäsche und alte Nachthemden auf, und ich probierte dort das Sterben. Zunächst mit offenem Deckel, später immer ein Stückchen weiter geschlossen. Ich stellte mir vor, wie sie mich finden würden. Blass und kalt in einem vergilbten alten Nachthemd. Ich dachte an all die Vorwürfe, die sie sich gegenseitig machen würden.

Pjotr steht auf und wühlt wieder in seinem Rucksack. Hier, wir können messen, sagt er und hält mir ein Maßband hin.

Was du alles in deinem Rucksack hast. Ich muss nicht messen, mein Großvater wusste Bescheid, sage ich.

Aber ich darf messen, oder?

Bitte.

Vielleicht hilfst du mir. Dann können wir Matwej wenigstens eine genaue Angabe machen, wenn er kommt. Lass uns mit dem Dachboden anfangen, sagt Pjotr und deutet mit seinem Kinn zur Tür.

Gut, sage ich und stehe auf. Mein Rücken schmerzt, und das Schlucken tut weh. Ich habe mich erkältet. Ich werde krank. Ich werde eine Grippe bekommen und heute Nacht mit hohem Fieber und schweißnass in dem klammen Bett liegen. Niemand wird mir Tee und Suppe bringen.

Geh vor, sagt Pjotr und schiebt mich sanft in den Flur. Mal sehen, ob du den Weg noch kennst.

Den Flur entlang, durch das Wohnzimmer, dann am Badezimmer vorbei, dann nicht rechts, sondern links die kleine Treppe hoch. Hier muss man aufpassen, dass man sich den Kopf nicht stößt.

Nicht schlecht, sagt er. Ich spüre seinen Atem in meinem Nacken. Es ist wie eine Haarwäsche beim Friseur. Fremde Hände, die einen unvermittelt berühren. Hier ist die Stelle, wo man aufpassen muss.

Hier musst du aufpassen, sagt Pjotr und hält schützend seine Hand vor den Balken. Der Dachboden ist tatsächlich ausgeräumt. Kein Schrank, keine Truhe. Nur mein kleiner bemalter Kinderholzstuhl steht verloren in der Ecke. Ich setze mich auf den Stuhl und sehe all die Eltern, die bei Elternabenden auf ebenso kleinen Kinderstühlen hocken. Ich stehe vorne und erzähle, wann welche Wandertage geplant sind und was der Lehrplan für dieses Schuljahr vorsieht, und sie hocken da und schreiben alles akribisch mit. Ich versuche, die Kinder den Müttern und Vätern zuzuordnen. Meine Sprache läuft automatisch weiter, und meine Gedanken laufen in eine ganz andere Richtung. Monika Pfeiffer passt zu der im grauen Mantel. Sie hat die gleiche hohe Stirn, und die Schneidezähne berühren die Unterlippe. Norbert Göbering passt zu der im Kostüm, die mit dem goldenen Kugelschreiber. Ich hocke auf meinem Stuhl in der Ecke, und Pjotr kriecht auf dem Boden und misst. Wo ist meine Truhe? Und wo ist der alte Schrank, frage ich.

Wieso deine Truhe? Tamara wollte, dass ich die Sachen wegwerfe. Die Truhe habe ich zu Brennholz zersägt, und der Schrank steht im Schuppen.

Warum?

Was meinst du mit warum? Tamara wollte das alte Zeug nicht mehr. Schmeiß alles weg, was älter ist als ich, sagte sie.

So ein Blödsinn, sage ich. Pjotr hört auf zu messen und sieht mich an. Für einen Moment ist sein Gesicht schwammig, ohne jeden Hinweis auf Alter oder Gedanken. Er setzt sich auf den Boden und lehnt sich an die Wand. Möchtest du auch eine, fragt er und hält mir seine Zigarettenpackung hin.

Nein. Oder doch, sage ich und bleibe sitzen. Auch Pjotr bleibt sitzen und zündet sich eine Zigarette an. Also muss ich aufstehen. Ich hätte nein sagen sollen. Eigentlich rauche ich gar nicht mehr. Ich habe vor drei Monaten aufgehört. Mit einer großen Geste habe ich an einem Sonntagmorgen, nach einer Nacht mit viel Wein, alle Zigaretten, die noch in der Schachtel waren, in der Mitte durchgeknickt und in den Abfalleimer in der Küche geschmissen. Abends habe ich dann, in eine Decke gewickelt, auf meinem Balkon die Stummel geraucht. Am nächsten Tag habe ich wirklich aufgehört und vor zwei Wochen wieder angefangen. Ich setze mich neben Pjotr, und er hält mir seine Schachtel hin. Bei jeder Zigarette bricht er den Filter ab. Bestimmt verbrennt er sich häufig die Lippen.

Du warst oft hier oben, oder, fragt er.

Ja, ziemlich oft.

Was hast du hier gemacht?

Gespielt. Manchmal habe ich hier auch einfach nur gesessen und mit mir selbst geredet. Jetzt ist sie weg, sage ich.

Was, fragt Pjotr.

Die Truhe.

Hätte ich gewusst, wie wichtig dir dieses Ding ist, sagt er und überlegt einen Augenblick, ich hätte sie trotzdem zersägt. Er lacht kurz und laut auf. Als Nächstes messen wir das Schlafzimmer, dann das Wohnzimmer, die Küche, die Kammer, die beiden kleinen Zimmer und den Keller. Und ich sage dir, dieses Haus hat höchstens hundertfünfzig Quadratmeter, sagt er und sieht mich von der Seite an. Er mustert mich, als würde er eine lange nicht gegossene Pflanze betrachten. Ich glaube, kurze Haare würden dir besser stehen, sagt er.

Ach ja? Warum, frage ich.

Weil du schöne Ohren hast. Außerdem hast du die Haare deiner Mutter geerbt. Die trägt man besser kurz, sagt er, und für einen Moment sieht es aus, als wolle er mir in die Haare greifen. Aber er nimmt sein Maßband und steht auf. Komm, lass uns weitermachen, sagt er, schon fast auf der Treppe.

Du kannst dich an die Haare meiner Mutter erinnern, rufe ich ihm hinterher. Meine Mutter trug immer einen geflochtenen Zopf, der ihr bis zur Schulter reichte. Nachlässig geflochten und mit einem Haushaltsgummi zusammengehalten. Sie färbte sich die Haare blond, und wenn sie eine schlechte Phase hatte, vergaß sie das Nachfärben und hatte einen dunklen Ansatz, sodass ihr Kopf in Dunkel und Hell geteilt war. Auch ich musste als Kind meine Haare zu einem Zopf flechten. Wenn ich zur Schule ging, habe ich ihn auf dem Weg geöffnet, meine Haare mit einem dünnen Plastikkamm toupiert und mit viel Haarspray besprüht. Pjotr antwortet mir nicht. Ich höre seine Schritte auf der Treppe. Komm, ruft er, sonst schaffen wir es nicht.

Wo hast du dich versteckt? Komm raus, er ist weg, sage ich leise. Mein kleiner grüner Freund müsste hier sein. Um diese Zeit ist er immer hier oben. Kurz vor dem Abendessen. Bring mir später was mit, sagte er, aber keine Suppe und keine Wurst. Bring mir Kuchen oder Käse. Damit hatte er selten Glück. Es gab bei uns abends weder Kuchen noch Käse. Manchmal hat jemand Kuchen mitgebracht, meistens Napoleontorte. Blätterteig und Buttercreme. Also brachte ich ihm Brot und manchmal Quarkriegel. Quark in dunkler Schokolade. Beides konnte ich unbemerkt einstecken. Vielleicht nehme ich ihn mit nach Hause. Die Deutschen essen viel Käse und Kuchen. Da, eine kleine grüne Hand. Fünf grüne Fingerchen berühren meinen Zeigefinger. Er muss schon lange neben mir gesessen haben. Ich habe ihn nicht gesehen. Er setzt sich auf meinen Handrücken und spielt mit der blauen Ader. Immer wieder drückt er, als würde er den Blutstrom unterbrechen wollen. Nichts hat sich verändert. Er ist genauso wie damals. Er wird jetzt sein Spiel fortsetzen, bis ich ihn mit dem Finger wegstupse. Dann wird er sich beleidigt wegdrehen und mir einen kleinen Zettel überreichen, auf dem unverständliche Zeichen gekritzelt sind. Gib her, werde ich sagen und ihm den Zettel aus der Hand nehmen. Ich muss mich an unsere Geheimsprache erinnern. Ich muss mich erinnern, welche Zeichen was bedeuten. Meistens standen dort nur wenige kurze Sätze wie «Glaub ihr kein Wort» oder «Reiß dich zusammen». Ermahnungen und Anordnungen. Ich stupse ihn von meiner Hand, und er fällt unglücklich auf den Bauch. Er bewegt sich nicht. Dann streckt er sein langes, dünnes Ärmchen aus, greift nach der Mütze, die ihm vom Kopf gefallen ist, klopft sich die Beine ab und geht, wie ich es vorausgesehen habe, beleidigt in Richtung Fenster. Er dreht sich nicht um und überreicht mir keinen kleinen Zettel mit geheimen Nachrichten. Empfindlich bist du geworden, sage ich, aber er ist schon verschwunden.

Mit dem Schlafzimmer ist Pjotr schon fertig. Er kriecht im Wohnzimmer hinter dem Sofa herum. Nur seine Füße sind zu sehen. Und? Wie viele Quadratmeter hast du bis jetzt gemessen, frage ich.

Das Schlafzimmer hat fünfzehn und das Wohnzimmer um die achtzehn. Du siehst, viel ist es bisher nicht, sagt er und steht auf.

Einige Zimmer haben wir ja noch, sage ich und setze mich in den Sessel. Warum hast du nie geheiratet, frage ich.

Warum hast *du* nie geheiratet, fragt er zurück.

Ich habe doch geheiratet: den Georgier, du erinnerst dich? Mit dem ich fünf Kinder habe.

Stimmt, Verzeihung. Die fünf Kinder und der Georgier, ich vergaß.

Also, frage ich wieder.

Was soll ich jetzt sagen, Mascha. Ich hatte eine Liebe in Usbekistan, eine kleine, zierliche Frau mit rabenschwarzem krausem Haar, einem langen Rücken und sehr großen Füßen. Leider wollte sie mich nicht. Ich war ihr zu gewöhnlich, zu leicht zu durchschauen.

Hat sie einen anderen gefunden?

Ich weiß es nicht, es gibt Gerüchte, dass sie auf grausame Weise umgekommen ist. Aber es sind Gerüchte, Mascha. Und wenn ich ehrlich bin, nimmt es mich immer noch sehr mit, vor allem die Vorstellung, wie sie gelitten haben muss.

Wie ist sie denn umgekommen?

Das willst du gar nicht wissen.

Früher wäre ich jetzt auf seinen Schoß geklettert, ich hätte meinen Kopf an seine Brust gelehnt und so lange mit klopfendem Herzen den Scheußlichkeiten gelauscht, bis meine Großmutter mit mahnendem Blick in der Tür gestanden hätte. In der Nacht wäre ich zu ihr ins Bett gekrochen. Das hast du nun davon, hätte sie im Halbschlaf gemurmelt und sich von mir weggedreht.

Nein, du hast recht, das will ich nicht wissen.

Pjotr sieht mich enttäuscht an. Du mochtest diese Geschichten lieber als Tscheburaschka, sagt er.

Mir blieb auch nichts anderes übrig, sage ich. Ich denke an den Kindermörder von Bykovo, der seine Opfer mit Tierbildern lockte und sie dann köpfte, während das «Sandmännchen» lief. Das habe ich mir gemerkt. Ich konnte danach für viele Jahre kein «Sandmännchen» mehr gucken.

Das ist ja ekelhaft, sagt Pjotr und lässt sich auf das Sofa fallen. Es klingelt. Pjotrs Kumpel kommt, um sich das Haus anzusehen. Gehst du öffnen, fragt Pjotr.

Warum denn ich? Es ist doch dein Freund.

Aber du bist die Gastgeberin. Du bist die Eigentümerin. Geh du. Er beißt nicht.

Ich stehe auf und werfe Pjotr noch einen Blick zu. Meine Augen kneife ich zusammen. Er macht mich verlegen. Ich weiß nicht, ob ich das mag. Ich glätte mit der Hand meine Haare und mache die Tür auf. Guten Abend, sage ich. Kommen Sie herein. Dieses Gesicht kenne ich irgendwoher. Breit, flächig. Er muss als

Jugendlicher eine schwere Akne gehabt haben, seine Haut ist vernarbt. Er trägt eine randlose Brille, die er beim Eintreten abnimmt und in einem Lederetui verstaut, das mit einem goldenen Playboy-Hasen verziert ist. Hier ist es schön warm, sagt er und gibt mir seinen schweren Mantel, der nach einem süßen Eau de Toilette riecht. Seine Stimme ist angenehm. Sie passt nicht zu seinem Geruch. Pjotr kommt und klopft seinem Freund auf die Schulter. Hast du den Weg aus der Stadt zu uns gefunden, fragt Pjotr.

Ja, das war nicht schwer, sagt er, immer geradeaus, dann links durch den Wald, den Fluss überqueren, das Einhorn töten, über den Berg und wieder links. Jetzt lachen beide. Er trägt eine Zahnspange.

Mascha, du kochst uns einen Tee, und ich bin in zehn Minuten wieder da, sagt Pjotr und geht lachend aus der Küche. Du bist vielleicht witzig, sagt er noch im Hinausgehen.

Ich habe Ihren Namen nicht verstanden, sage ich.

Ich habe mich auch noch nicht vorgestellt. Nennen Sie mich Matwej, sagt er und streckt mir seine Hand entgegen.

Mascha, sage ich. Seine Hand ist warm und trocken, meine kalt und feucht. Ich bin nervös. Ich weiß nicht, was das hier alles bedeutet. Warum muss Pjotr jetzt weggehen? Er hätte später weitermessen können. Möchten Sie einen Tee, Matwej?

Nein, keinen Tee. Ich habe ein Fläschchen mitgebracht. «Standard»-Wodka, immer noch der beste, sagt er und stellt die Flasche auf den Tisch. Ein paar Gürkchen, Brot und Pilze wären gut, wenn Sie so etwas hätten, Mascha?

Ich stelle ein Glas für ihn auf den Tisch und greife nach meiner Teetasse.

Aber jetzt müssen wir doch erst einmal anstoßen, allein trinke ich nicht, sagt er und schenkt mir ein. Mein «Danke» ignoriert er. Auf unsere Bekanntschaft und auf ein gutes Geschäft, sagt er und wischt sich mit dem Handrücken über den Mund. Er schnaubt wie ein Pferd, seine Augen füllen sich mit Tränen. Das tat gut, aber Sie haben ja nur die Hälfte getrunken. Das bringt Unglück, das wissen Sie, oder? Ein halbes Glas bedeutet ein halbes Leben. Und ein halbes Leben bedeutet gar kein Leben, und gar kein Leben bedeutet nichts. Er schenkt sich nach und mir auch, steht auf und sagt: Ich trinke auf das ganze Leben! Ein wenig Speichel läuft ihm aus dem Mund. Ich trinke mein Glas aus, und wir setzen uns an den Küchentisch. Und Sie sind also aus Deutschland gekommen?

Ja, sage ich, gestern aus Berlin.

Ach ja, Berlin, sagt er, die Hauptstadt. Meine Schwägerin lebt auch in Deutschland. In Rheinbach. Kennen Sie Rheinbach?

Nein, sage ich, leider nicht.

Das ist in der Nähe von Bonn oder Frankfurt. Meine Schwägerin lebt dort seit sechs Jahren. Vor einem halben Jahr hat sie noch ein Kind bekommen, obwohl sie gesagt hat, dass sie keine Kinder mehr will. Sie hat ja schon zwei. Wo sind denn Ihre Kinder? Wer passt auf?

Ich habe keine Kinder, sage ich. Wieso muss er mich auch nach Kindern fragen.

Ach so. Die Deutschen mögen keine Kinder, was? Meine Schwägerin sagt, es ist schwer, Arbeit zu finden. Sie sagt, sie fühlt sich nicht frei in Deutschland. Das ist verrückt, denn genau deshalb ist sie ja dorthin gegangen. Aber sie sagt, alles engt sie ein. Die Straßen sind eng, und es ist überall so leise. In Rheinbach gibt es zweihundertsechzig Ampeln, das muss man sich mal vorstellen. Hier in Bykovo gibt es keine einzige. Ich glaube, in ganz Moskau gibt es keine zweihundertsechzig Ampeln. Sie sagt, man muss ständig anhalten. Mich würde das verrückt machen, wenn ich ständig anhalten müsste. Ich weiß nicht, warum alle hier wegwollen. Wir haben alles, verstehen Sie? Wenn ich will, kann ich morgen, was sage ich, jetzt gleich den besten Kaviar bekommen, wir haben hier die besten Restaurants, die besten Frauen, wir haben Kultur. Sehen Sie mein Auto. Ich habe einen BMW. Ein deutsches Auto. Das beste deutsche Auto. Dafür muss ich nicht nach Deutschland gehen. Ich weiß nicht, warum alle ihre Heimat verlassen müssen. Wenn alle gehen, dann kommen die Ausländer zu uns, und wenn ganz Moskau voller Ausländer ist, dann ist es nicht mehr unser Moskau, verstehen Sie? Ich war vor drei Jahren in Berlin. Geschäftlich. Ich habe mir einige Objekte angesehen. Berlin hat mir gefallen. Diese Stadt ist nicht typisch deutsch. Aber ich denke, Berlin war besser mit der Mauer. Ich denke, Berlin hat an Glanz verloren, verstehen Sie?

Es interessiert ihn nicht, ob ich ihm zuhöre. Er schenkt jetzt das dritte Mal nach und hat alle eingelegten Pilze aufgegessen. Ein wenig Öl ist auf sein Jeanshemd getropft und hat einen dunklen Fleck hinterlassen.

Unter uns, wie viel wollen Sie für das Häuschen haben? Er sieht mich fordernd an.

Sie haben das Haus doch noch gar nicht gesehen, sage ich. Ich hoffe, Pjotr kommt bald wieder.

Ich kenne mich aus mit den Vorstadthäusern. Sie sind alle ähnlich, sagt er, steht auf und sieht sich in der Küche um. Man müsste hier einiges machen. Heizung, neuer Boden, neues Bad, neue Terrasse. Alles Weststandard, verstehen Sie? Das ist teuer. Aber meine Firma macht genau das. Wir kaufen alte Häuser und restaurieren sie. Die Leute hier sind anspruchsvoll. Sie wollen das Beste. Terrasse mit Terrakotta, neue Küche aus Edelstahl, verstehen Sie? Es hat sich verändert. Wann sind Sie weggegangen?

Meine Eltern sind Anfang der achtziger Jahre ausgewandert, sage ich.

Alles ist jetzt anders. Im Westen glauben immer noch viele, wir leben hinterm Mond. Aber ich sage Ihnen, Mascha, Sie kriegen hier alles. Ein Bekannter hat mich in Berlin in dieses Kaufhaus mitgenommen, wie heißt es nochmal? So was Schickes soll das sein, mit der besten Lebensmittelabteilung.

KaDeWe, frage ich.

Ja, genau. Ich habe einen Lachanfall bekommen. Bei uns in Moskau gibt es das Zehnfache, das Hundertfache an Auswahl. Sogar im Krämerladen in Bykovo hat man mittlerweile mehr Auswahl als in Ihrem KaDeWe.

Ich bin dort nie, sage ich.

Wie auch immer. Wir haben hier alles. Wie viele Quadratmeter hat das Haus?

Zweihundertsechzig, sage ich.

Er dreht sich um, schiebt anerkennend seine Mundwinkel nach unten und wiegt den Kopf. Von außen wirkt es gar nicht so groß, sagt er. Sein Handy klingelt. Es ist die Technoversion von «Spiel mir das Lied vom Tod». Hallo, was ist denn, fragt er ins Telefon. Ich bin in Bykovo, hab ich dir doch erzählt. Ja, das Bykovo. Genau. Das Haus. Ja. Was macht der Kleine? Hat er noch gespuckt? Verstehe. Ich ruf dich an, wenn ich hier aufbreche. Weiß ich nicht. Bis später. Er legt auf. Meine Frau. Sie ruft mich immer während der Arbeit an. Unser Sohn hat im Kindergarten irgendwelche Blätter gegessen. Niemand passt mehr auf, das war früher anders. Jeder kümmert sich nur noch um sich selbst. Ich werde da morgen hingehen und den sogenannten Erzieherinnen was erzählen. Man fragt sich, wo die ihre Ausbildung machen. Das hatte man früher besser im Blick. So geht das nicht, das Kind hätte sterben können. Was sage ich. Er klopft dreimal auf den Küchentisch. Aber ist doch wahr. Auf die Gesundheit!

Welches Bykovo, frage ich.

Was?

Sie sagten, das Bykovo. Welches Bykovo?

Ach so, mein Schwager war früher Flieger und kennt den Flughafen. Jetzt arbeitet er bei mir in der Firma und verkauft Immobilien. Er macht Business. Alle müssen irgendwie zurechtkommen. Ich habe mal Tiermedizin studiert, aber damit kommt man nicht weiter, damit verdient man nichts in Russland. Vielleicht die Juden, aber die Russen nicht, verstehen Sie? Vor allem zahlt niemand dafür.

Es sind genau einhundertsiebenundvierzig Quadratmeter, sagt Pjotr und steht triumphierend im Türrahmen.

Mascha sagte etwas von zweihundert, sagt Matwej und sieht mich fragend an.

Das dachten wir, sagt Pjotr. Er meidet meinen Blick.

Egal, sagt Matwej, jetzt will ich mir das Häuschen mal anschauen.

Wie ich sehe, habt ihr schon einige Gläschen getrunken, sagt Pjotr und schenkt sich etwas ein.

Ich habe getrunken, Mascha hat nur genippt, sagt Matwej und freut sich, dass er nicht mehr allein trinken muss.

Ich versuche höflich zu lächeln. Ich muss einen klaren Kopf behalten und alles mit freundlichen Blicken betrachten. Pjotr und Matwej freuen sich aneinander, und ich kann mich unbemerkt gedanklich davonschleichen. Wie zwei vierzehnjährige Jungs, die heimlich Wodka trinken, stehen sie voreinander und prosten sich mit leuchtenden Augen zu. Sie danken den Göttern, dass sie gute Großväter, gute Eltern, eine gute Schwester, Freunde, überhaupt beinah lauter gute Menschen um sich haben. Ich friere dieses Bild ein und nehme es mit in meine Wohnung. Bedeckt mit silbrigem Reif, wird die Eisskulptur in meinem Wohnzimmer stehen. Immer wieder werde ich sie mit einer Tasse Tee in der Hand betrachten. Mira wird kommen und milde lächeln. Vielleicht könnte ich die Eisskulptur meiner Klasse zeigen. Das sind Pjotr und Matwej, zwei russische Männer, werde ich sagen. Überlegt euch etwas dazu. Ihr habt eine halbe Stunde Zeit. Tuscheln werden die kleinen Ratten, die Augen verdrehen und Briefchen schreiben. Der Klassenraum wird auskühlen, und Frau Dr. Krüger wird den Installateur bestellen. Er wird an der Heizung schrauben und natürlich nichts finden. Immer wieder wird er meinen Blick suchen, ich aber werde, in eine Ecke gedrückt, alles beobachten und in Gedanken versuchen, alle Wüsten aufzuzählen, die es gibt. Mir werden höchstens vier einfallen, und ich werde mir vornehmen, meine Geographiekenntnisse zu verbessern. Dann wollen wir mal, sagt Pjotr. Die beiden sehen mich erwartungsvoll an.

Ich mache in der Küche ein wenig Ordnung, sage ich.

Das kommt gar nicht in Frage, Mascha. Bitte, zeig unserem Gast das Haus, sagt Pjotr und kneift seine Augen zusammen, wie ich es auch von mir kenne. Gut, sage ich, das ist also die Küche, die du noch nicht gemessen hast, Pjotr. Die hast du vergessen.

Natürlich, ruft Pjotr und wirft sich mit seinem Maßband ungelenk auf den Boden.

Matwej schaut irritiert. Wo ist denn die Toilette, fragt er.

Aus der Küche raus, durch das Wohnzimmer und die nächste Tür rechts, sage ich. Er geht hinaus, kommt noch einmal zurück und greift mit entschuldigender Geste nach seiner Ledertasche.

Dreizehn Quadratmeter. Hundertsiebenundvierzig und dreizehn. Das macht zusammen einhundertsechzig. Das sind genau hundert Quadratmeter weniger, als dein Großvater gemessen hat, sagt Pjotr.

Ich fange an, den Tisch abzuräumen und das schmutzige Geschirr in die Spüle zu stellen. Den Tisch wische ich mit einem Lappen, der nach abgestandener Milch riecht, er hinterlässt Wischspuren auf der Wachstuchtischdecke. Willst du das Brot wieder mitnehmen, frage ich.

Bitte?

Ob du den Rest wieder mitnehmen möchtest?

Macht man das in Deutschland so, fragt er.

Keine Ahnung, vielleicht, sage ich und packe das Brot in eine Papiertüte.

Man nimmt die Lebensmittel wieder mit, fragt Pjotr und kritzelt etwas auf ein graues Papier.

Ja, warum nicht? Was ist denn dabei, sage ich gereizt. Meine Freundin bringt sich ihr Essen sogar manchmal selbst mit, wenn sie eingeladen ist. In einer Plastikbox. Wenn alle am Tisch sitzen, packt sie ihre Box aus. Als wäre es völlig normal.

Aber das ist krank, sagt Pjotr, immer noch mit seinen Unterlagen beschäftigt.

Warum ist das krank, sage ich viel zu laut. Warum müssen die Russen aus dem Essen so einen Kult machen? Warum kann nicht jeder einfach das essen, was er mag und wie er es mag? Warum fühlen sich die Russen sofort beleidigt? Ich habe es einfach satt, ereifere ich mich weiter, dass die Russen sich immer über alles stellen müssen. Diese Arroganz. Diese naive Ungläubigkeit, wenn es woanders nicht so zugeht wie daheim. Hier muss ich das eine verteidigen und in Deutschland das andere.

Musst du nicht, Mascha, sagt Pjotr. Er hat seinen Papierstapel zur Seite gelegt und sieht mich an, als hätte ich nicht mehr lange zu leben. Als läge ich bereits in einem Sarg und meine Nase würde abwechselnd kalt und heiß werden.

Könntest du ihm bitte das Haus zeigen, sage ich und setze mich auf den Küchenstuhl.

Natürlich, sagt Pjotr. Er nimmt sein Maßband und geht auffallend leise aus der Küche. Ich höre, wie Matwej aus dem Bad kommt. Was sie reden, kann ich nicht verstehen. Sie lachen. Bestimmt lachen sie über mich. Pjotr erzählt, wie angespannt meine Nerven sind, und Matwej sagt, das hätte er auch schon bemerkt. Aber das sei typisch deutsch, er habe viele angespannte

Frauen in Deutschland getroffen, und seine Schwägerin schreibe auch regelmäßig über die Gereiztheit der deutschen Frauen. Sie ist die ersten zehn Jahre bei ihrer Großmutter aufgewachsen, sagt Pjotr flüsternd und schielt zu mir in die Küche. Ihre Mutter hat den Kinderwagen im Park stehenlassen. Vergessen, hieß es. In der Metro ist es ihr wieder eingefallen. Das ist furchtbar, sagt Matwej und ruft seine Frau an. Sie soll gut auf das Kind aufpassen, sagt er ins Telefon, und Pjotr nickt zustimmend. Wenn dieser Matwej das Haus kauft, fliege ich morgen zurück. Ich muss dringend einkaufen gehen. Ich dachte, ich würde länger wegbleiben, deshalb habe ich alle Lebensmittel dem Nachbarn gegeben. Wenn er verreist, gibt er mir seine Lebensmittel. Das ist die einzige Kommunikation zwischen uns. Letztes Jahr wollte er mit mir einen Kaffee trinken. Mit Blumen stand er plötzlich vor meiner Tür. Ob ich spontan Zeit auf einen Kaffee hätte, fragte er. Eigentlich nicht, aber kommen Sie bitte herein, habe ich gesagt. Er ist recht schnell wieder gegangen. Er müsse noch arbeiten, sagte er. Ich brauche niemandem zu erzählen, dass ich wieder zurück bin. Ich könnte in die Klinik zu meiner Mutter fahren, in die kleine Pension am See. Du bist gewachsen, wird sie sagen. Das sagt sie jedes Mal. Mama, ich habe unser Haus verkauft, werde ich sagen. Damit habe ich nichts zu tun, das weißt du doch, das besprich mit deiner Großmutter. Großmutter ist gestorben. Also doch, mir war doch so, wird sie sagen, sich wegdrehen und einschlafen. Ich werde ihr ganz behutsam ein frisches Nachthemd anziehen, ihr Nachtschränkchen aufräumen und mich in den Sessel am Fenster setzen, um ihren Schlaf zu bewachen. Gegenüber der andere Block mit erleuchteten, vergitterten Fenstern. In jedem Zimmer ein Stück Verwirrtheit. Ich werde so lange nach draußen starren, bis die Schwester mit einem Tablett ins Zimmer kommt und das grelle Hauptlicht einschaltet. Ich werde warten, bis meine Mutter ihr Brot gegessen und ihre Milch getrunken hat, und dann in meine Pension gehen. Vorher werde ich ihr noch das Radio einschalten. Gib das deinem Vater, wird sie mir zurufen, wenn ich schon fast aus dem Zimmer bin. Ich werde ihren Brief zu den anderen Briefen legen. Du musst sie nicht jede Woche besuchen, sagt mein Vater, mach dich frei davon. Er sagt das, als müsse er mir beweisen, wie frei er selbst ist. Vielleicht ist das am anderen Ende der Welt einfacher. Da, wo der Bus nur einmal am Tag hinfährt. Hat dein Vater geschrieben, wird sie mich fragen. Ja, Mama, werde ich sagen und einen geöffneten Brief aus der Tasche ziehen. Wieso hast du den Brief schon wieder aufgemacht, wird sie mich fragen. Entschuldige, werde ich sagen und schnell den Brief aus dem Umschlag ziehen, damit sie nicht erkennt, dass er ohne Briefmarke, ohne Absender ist. Ihre Augen werden über das Papier fliegen und immer wieder an einzelnen Stellen haltmachen. Ich weiß, was ich schreiben muss, damit sie zufrieden ist. Dein Vater denkt an alles, wird sie sagen und verlegen lächeln, wie ein junges Mädchen.

das zum ersten Mal von einem älteren Mann bemerkt wird. Sie wird eine Hand auf ihr Dekolleté legen, um es zu kühlen und die roten Flecken aufzuhalten, die sich ausbreiten. Sie wird den Brief zu den anderen Briefen legen. Manchmal denke ich, sie spielt dieses Spiel mit. Jetzt sind sie auf dem Dachboden. Ich höre ihre Schritte. Es klingt, als wäre dort oben eine ganze Brigade. Sie werden meinen grünen Freund erschrecken. Es klingt, als wäre meine Großmutter bei ihnen. Ich erkenne ihre Pantoffelschritte. Leicht schlurfend. Jetzt ist es still. Jetzt stehen alle und sehen aus dem Fenster. Wenn man den Boden ausbaut, können Sie hier Ihr Bett hinstellen, sagt meine Großmutter. Das ist ein wunderbarer Ausblick. Im Winter können Sie sich das nicht vorstellen, aber wenn der Frühling erst kommt. Pjotr nickt, lächelt dümmlich. Sie können sich nicht vorstellen, wie viele Pilze in unserem Garten wachsen. Dort bei der Schaukel wächst unsere Herbsttrompete. Die Familie wird immer größer. Ich gebe Ihnen nachher ein Gläschen mit für Ihre Frau. Morgens um fünf musste ich aufstehen, um mit meiner Großmutter in den Wald zu gehen. Sie kannte alle Pilze. Wenn sie sich doch einmal nicht sicher war, musste ich probieren. Weil sie keine Bitterstoffe schmecken konnte, behauptete sie. Sie schob mir ein winziges Eckchen in den Mund, und ich achtete peinlich darauf, nichts zu schlucken. Wenn es bitter schmeckt, spuck es aus, sagte sie. Meistens hatten wir am späten Vormittag schon drei oder vier Körbe voll. Steinpilze, Maronen, Kremplinge, Butterpilze, Hahnenkamm. Wir trugen Gummistiefel und ein Kopftuch gegen die Zecken. Ich habe mich angestrengt, so viele Pilze wie möglich zu finden. Besonders mit dicken Steinpilzen oder versteckten Pilzkolonien konnte ich sie beeindrucken. Manchmal ist auch Pjotr mitgekommen. Tamara, Pjotr und ich. Eine kleine Familie. Ich ging zwischen den beiden, und sie fassten mich bei der Hand. Pjotr machte Vogelgeräusche, wir mussten die Vögel erraten. Sprich nicht von deinem Großvater, wenn Pjotr dabei ist, sagte sie, als sie mich abends ins Bett brachte. Sie gab mir einen Kuss auf die Stirn und machte die Tür zu. Ich schlich mich barfuß und eingewickelt in meine Decke über den Flur zum Wohnzimmer. Die Tür war nicht ganz geschlossen, und ich hörte meine Großmutter laut lachen, dann gab es lange Pausen, sie redete auf Pjotr ein, eindringlich, mit aneinandergeklebten Sätzen. Nach solchen Nächten hatte sie furchtbar schlechte Laune. Wir saßen schweigend in der Bahn Richtung Moskau. Sie starrte aus dem Fenster, ich kaute an meiner Unterlippe und starrte auch aus dem Fenster. Kleine und große Datschen flogen an uns vorüber, Wald, wieder Wald und später Wohnblöcke. Hohe graue Plattenbauten, die aussahen, als wären sie aus Pappe gemacht. Wenn sie nicht arbeiten musste, schlief sie lange. Pjotr kochte für mich, und ich durfte ihm bei seinen Arbeiten helfen. Er hatte immer etwas zu tun. Seine Angelsachen sortieren und ordnen, irgendetwas reparieren, Schnee schaufeln, Blätter zusammenkehren und manchmal Scherben von einem

Glas, das meine Großmutter in Wut an die Wand geworfen hatte.

Ich nehme Pjotrs Daunenjacke und gehe nach draußen. Es schneit leicht, die Schneeflocken sind groß und trocken. Deutsche Flocken sind meist feucht und schmelzen schnell in der Hand. Ich gehe hinters Haus, um mir den neuen Schuppen anzusehen. Er hat ihn rot gestrichen. Sogar kleine Fenster gibt es. Die Tür ist abgeschlossen, aber durch ein Fenster sehe ich den Sessel, der auf dem Dachboden stand, und ein Bett. Es ist ein eingerichtetes Zimmer. Neben dem Bett steht ein Nachtschränkchen. Es gibt eine Lampe, Bücher und eine Herdplatte mit einem Wasserkessel. Eine Puppenstube im Garten neben meinem Teich, der bestimmt zugewachsen ist. Ich kann es nicht sehen, alles ist mit Schnee bedeckt. Der Kaninchenstall ist weg. Bestimmt haben sie sie verhungern lassen, als wir ausgewandert sind. Als ich von unserer Abreise erfuhr, blieb der Fernseher aus. Den ganzen Samstag. Mein Vater sagte, sie hätten mir etwas mitzuteilen, etwas, was mich freuen würde. Meine Mutter machte Pfannkuchen mit Äpfeln, und wir setzten uns an den Küchentisch. Überall standen Kisten. Das Regal im Wohnzimmer war ausgeräumt, der Schuhschrank, der Kleiderschrank. Etwas, was mich freuen würde, dachte ich. Vielleicht gehen wir in ein Theater für Große. Das hatte mir meine Mutter schon lange versprochen, aber erst musste Großmutter Karten besorgen. Deine Großmutter hat die Kontakte, nicht wir, hieß es.

Mascha, wir gehen weg aus Russland, sagte mein Vater feierlich, wir gehen in die Freiheit. Das versteht sie doch nicht, sagte meine Mutter und nahm meine Hand. Mein Vater sprach über Kunst und Zensur im Sozialismus. Meine Mutter hielt immer noch meine Hand. Deine Großmutter weiß schon Bescheid. Wir fliegen heute in einer Woche, und wir dürfen nicht viel Gepäck mitnehmen. Ein, zwei Puppen, nicht mehr. In Deutschland gibt es bessere Spielsachen. Ich beobachtete den Zeiger der Küchenuhr und war froh, dass es nicht mehr lange dauern konnte, bis meine Großmutter kam, um mich abzuholen.

Es klingelte pünktlich an der Tür, ich lief in den Flur, um mir meine Stiefel und meinen Mantel anzuziehen. Wir haben es ihr gesagt, sagte meine Mutter, als Großmutter, keuchend vom Treppensteigen, in der Tür stand. Mein Vater schwieg und beobachtete Großmutter. Gib mir eine Bürste, sagte sie zu meiner Mutter, ihr hängen wieder die Haare ins Gesicht. Mit drei schnellen Bürstenstrichen machte sie mir einen Pferdeschwanz, dass meine Gesichtshaut spannte. Für einen Moment sah ich im großen Flurspiegel eine kleine Mongolin im braunen Lammfellmantel und grauen Filzstiefeln. Sie zog mir meine Wollmütze über den Kopf und schob mich aus der Tür. Normalerweise fuhren wir vier Haltestellen mit der Metro zum Bahnhof. An diesem Tag gingen wir zu Fuß. Sie kaufte mir einen heißen Maiskolben mit Butter, und wir setzten uns auf eine Parkbank, die sie mit Zeitungspapier auslegte. Sie betrachtete mich, wie ich umständlich und mit kalten Fingern den Maiskolben aß. Wenn mir ein Korn auf den Mantel fiel, nahm sie es und aß es selbst. Dabei lächelte sie. Wenn man uns hier so sitzen sieht, sagte sie, könnte man denken, wir hätten kein Zuhause. Sie wischte mir den Mund mit ihrem Taschentuch ab, das nach Parfüm roch. In der Bahn habe ich immer wieder meine Oberlippe zur Nase gezogen, um das Parfüm zu riechen. Morgen will ich nicht in die Schule, sagte ich zu ihr. Marja Petrowna ruft Opa Lenin an und erzählt ihm alles. Damit hatte mir meine Lehrerin gedroht, als ich bei dem Spiel «Wir rufen Opa Lenin an» den Hörer vom Spieltelefon an das nächste Kind weitergereicht habe. Jedes Kind ruft Opa Lenin an und sagt ihm etwas. Es kann was Schönes sein, es kann was Schlechtes sein. So ging das Spiel. Wenn du nicht mit Opa Lenin sprechen willst, dann muss ich ihn wohl selbst anrufen und ihm erzählen, was für böse Kinder hier in Bykovo hausen, hatte sie gesagt. Sie hatte schwarze Haare, die sie zu einem Knoten band, und ein breites Kreuz, sie war Schwimmerin gewesen. Was für ein Blödsinn, sagte meine Großmutter, Opa Lenin hat Besseres zu tun, als mit deiner Lehrerin Marja Petrowna zu telefonieren, das kannst du ihr sagen. Abends saß meine Großmutter lange an meinem Bett. Ich schlief ein, wachte in der Nacht auf, und sie saß immer noch da, unverändert und mit einem Ausdruck im Gesicht wie ein Mönch auf einem Gemälde, ruhig und entrückt. Die Woche verlief wie jede Woche, nur dass meine Großmutter nicht arbeiten ging, sondern wie ein Geist in ihrem Morgenmantel durch das Haus schwebte.

Einen Tag vor unserer Abreise kamen meine Eltern nach Bykovo, um mich abzuholen. Meine Mutter hatte ein aufgedunsenes Gesicht, als hätte ihr jemand Watte unter die Haut gestopft. Sie trug ein gelbes Kleid, das ich nicht kannte, und mein Vater hatte sich seinen Bart abrasiert. Er trug ein sauberes Hemd ohne Kragen, sein nacktes Gesicht ließ ihn älter aussehen. Der Bart hatte seine scharfen Züge versteckt, das spitze Kinn und die große Nase, hart wie aus Granit vorspringend. Es war ungewöhnlich warm für diese Jahreszeit, und Pjotr hatte den Küchentisch auf die Veranda gestellt. Die Regentonne war fast leer, es hatte lange nicht geregnet. Meine Großmutter hatte zunächst die Nachbarn, Freunde und Verwandte eingeladen, lud sie aber am Morgen wieder aus. Ich will einfach nicht, sagte sie zu Pjotr, der die Absagen übernehmen musste. Es gab gefüllten Karpfen mit schwerer Mayonnaise, dazu Kartoffeln und gebackene Äpfel. Mein Vater hatte ein Buch mitgebracht. Einen Fotoband von Berlin. Schweigend wurde das Buch herumgereicht. Da fahren wir hin, sagte mein Vater in die Stille. Er meinte mich, aber er sah immer wieder zu meiner Großmutter, die aufrecht und mit gefalteten Händen am äußersten Rand ihres Stuhls saß. Zwischendurch kamen einige ausgeladene Freunde und Nachbarn und brachten Glücksbringer. Ikonen und kleine Porzellanfiguren. Meine Mutter aß in stiller Verzweiflung fast den ganzen Fisch auf. Ihr

Blick irrte umher, und wenn er mich traf, schien es, als sehe sie mich das erste Mal. Gleich, dachte ich, würde Mutter aufstehen und sich mit den Worten verabschieden, sie habe noch einiges vor, müsse jetzt leider gehen, wünsche uns nur das Beste und eine angenehme Reise in den Westen. Als Pjotr begann, den Tisch abzuräumen, sagte meine Großmutter unvermittelt: Geht. Aber lasst mir das Kind. Meine Mutter suchte ängstlich den Blick meines Vaters, Pjotr verschwand in der Küche. Ich nahm das Buch und sah mir Berlin an. Berlin, das auf den Bildern genauso aussah wie Moskau. Es wurde laut. Hitzige Stimmen. Sie sprachen von Pflicht, vom Kind, immer wieder von der Freiheit, von Idiotie, von Verantwortung und wieder vom Kind. Dann nahm mein Vater meine kleine Tasche und mich fest bei der Hand. Seinen Griff lockerte er erst, als wir in der Bahn saßen. Meine Mutter weinte, und ich hatte vergessen, zur Toilette zu gehen. Das war mir lange nicht passiert. Die nasse Unterhose, die Strumpfhose und meinen Rock stopfte ich später hinter das Sofa, auf dem ich meine letzte Nacht in Moskau verbringen sollte. Ich hörte, wie meine Eltern in der Küche saßen und erregt miteinander sprachen. Ich setze mich auf die Fensterbank, zog mein Nachthemd über die Knie und stellte mir vor, wie in den anderen Hochhäusern andere Kinder auch frierend am Fenster saßen.

Mascha! Ich höre das Holz der verwitterten Veranda knacken. Pjotr winkt mir zu. Er will, dass ich komme. Sie haben das Haus besichtigt, sie haben überall ihren

Atem verteilt, und jetzt wollen sie, dass ich ein weißes Papier unterschreibe. Ich tauche eine Hand in den Schnee, dann die andere und forme einen kleinen, festen Schneeball. Knapp neben Pjotrs Kopf hinterlässt er einen Abdruck am Pfosten der Veranda. Pjotr bückt sich, will auch in den Schnee greifen, zögert und geht wieder ins Haus. Auch heute hat der Mond keine Leuchtkraft, nur das gelbe Licht aus dem Küchenfenster lässt den Schnee matt glänzen. Früher habe ich mit Pjotr aus Schnee eine Snegurotschka gebaut. Das ist die Tochter von Väterchen Frost. Sie hat lange weiße Haare, ein glitzerndes Kleid, hohe weiße Lederstiefel, und ihre Augen sind funkelnde Diamanten. Manchmal blieb sie bis in den März hinein bei uns im Garten. Wenn die Katzen oder Muchtar, mein Hund, ihr kleine gelbe Risse in die sauberen Stiefel pinkelten, habe ich alles mit frischem Schnee geglättet. Mit den Kleinen habe ich vor einigen Jahren als Weihnachtsprojekt die unterschiedlichen Formen der Schneekristalle untersucht. Die Eissterne aus Papier hingen überall in der Schule. Das ist das Projekt der jungen Kollegin mit der Fünften, hieß es. Wenn ich bald wieder unterrichte, werden wir Schnee herstellen. Hoffentlich werden Sie nicht von der Russenmafia erschossen, hat die kleine Ratte gesagt. Vielleicht ist Matwej auch in der Russenmafia und Pjotr sein Gehilfe. Vielleicht haben sie zuerst meine Großmutter erledigt, und jetzt bin ich dran. Vielleicht sollte ich einfach loslaufen, Richtung Friedhof, an der Kapelle vorbei, an Großvater vorbei, zum

Weiher. Bei meinem letzten Besuch in der Klinik sagte meine Mutter: Wenn ich sterbe, begrabe mich in Bykovo neben Großvater. Ich will eine Birke neben meinem Stein. Wenn sich der Stein im Sommer aufheizt, dann kannst du deinen Kopf darauf legen und mit mir sprechen. Du kannst mir alles erzählen durch den Stein. Du kennst dich aus mit Steinen. Vielleicht sollte ich sie anrufen und ihr sagen, dass der Friedhof voll ist. Geschlossen wegen Überfüllung. Dann muss sie sich etwas anderes einfallen lassen. Ich könnte das Haus behalten und sie wieder zu mir nehmen. Ich werde schlauer sein als beim letzten Mal. Sie bekommt Großmutters Zimmer, und ich schlafe in meinem. Ich werde abends die Tür abschließen, damit sie keine Wanderungen unternehmen kann, auch wenn sie gerufen wird. Da ruft einer, da muss man doch mal lauschen, da muss man doch mal nachsehen. Nein, Mama, muss man nicht. Du hast keine Ahnung, Mascha. Du und dein Vater, ihr seid aus dem gleichen Holz, aber dieses Holz gibt es hier nicht. Ihr seid nicht von hier, Mascha. Wenn sie vom Holz sprach, klopfte sie mir gegen die Stirn. Dein Holz ist eine Täuschung. Ich musste ihre Hand an meinen Bauch oder zu einer anderen weichen Stelle meines Körpers führen. Da ist kein Holz, Mama. Haut, Fleisch, Blut, Mama. Manchmal klopfte sie wildfremden Menschen in der Bahn oder im Bus gegen die Stirn. Seltsam, dass sie dafür nie verprügelt wurde von einem anderen Wahnsinnigen. Wir haben eine Wohnung zugeteilt bekommen, drei Zimmer, Balkon und eine Sitzbadewanne. An meinem Geburtstag durfte ich zehn Kinder einladen. Es sind fünf gekommen. Sabine, Claudia, Jenny, Andrea, Peter. Meine Mutter hat Tage vorher damit angefangen, die Wohnung zu dekorieren. Sie kaufte Luftballons, die sie allein in der Küche aufblies, bis sie über Ohrenschmerzen klagte. Sie machte unendlich viele russische Piroschki, obwohl ich mir Pizza oder Pommes gewünscht hatte. Sie probierte den ganzen Vormittag neue Kleider an. Ich will hübsch sein für deine Freunde. Aber wenn alle da sind, sagte ich, sollst du nicht in mein Zimmer kommen, und du darfst nicht sprechen, sie werden dein komisches Deutsch nicht verstehen. Sie blieb den ganzen Tag über im Schlafzimmer, ich bin nicht einmal sicher, ob sie zur Toilette gegangen ist. Nur einmal hat sie zaghaft angeklopft und das Tablett mit den warmen Piroschki ins Zimmer gereicht. Sie hatte ein weißes Kleid angezogen und ihre Haare aufgedreht. Deine Mutter sieht aus wie eine Prinzessin, sagte Jenny oder Sabine, und ich war glücklich. Vielleicht dauerte alles zu lange für meine Mutter. Vielleicht hat sie die Anspannung nicht mehr aushalten können und hat deshalb Claudia gegen die Stirn geklopft.

Wenn ich mit ihr nach Bykovo ziehe, dann werde ich Pjotr erzählen, dass Mama nicht ganz richtig im Kopf ist. Das habe ich schon immer gewusst. Sonst hätte sie doch den Kinderwagen nicht einfach im Park stehengelassen. Wie hat deine Großmutter gelitten wegen ihr, wird er sagen. Wenn ich mit ihr nach Bykovo ziehe, hört mein altes Leben auf – die Schule, meine Wohnung, Mira, Berlin und all das, was ich mir dort noch vorgenommen habe. Bykovo hat neuntausend Einwohner. Ich werde Freunde finden, mich verlieben, ein Kind bekommen. Ich werde eine Tochter gebären, die mich aus meinen Augen ansehen wird. Ich werde ihren kleinen, warmen Körper spüren, wenn ich ihr abends auf dem Cordsofa russische Kinderbücher vorlese. Doktor Albalit, der nach Afrika reist, um die Tiere vor dem Untergang zu retten. Sie wird in die Schule gehen, in der ich damals war. Lenin wird nicht mehr in Lebensgröße an der Wand hängen. Stattdessen vielleicht Putin, in dekorativer Pose, mit nacktem Oberkörper beim Angeln oder Jagen. Meine Lehrerin Marja Petrowna wird heimlich über den Zaun spähen und beobachten, wie die Kinder ausgelassen im Garten toben. Sie wird ihre Augen zusammenkneifen und Opa Lenin anrufen, um ihm zu erzählen, dass die Kinder in der sogenannten Demokratie verkommen und verwildern. Ich werde das Haus gelb anstreichen und viele Blumen pflanzen. Keine Kartoffeln und Gurken mehr, nur noch Blumen. Wenn mich Mira besucht, werde ich sie mit Schürze, geröteten Wangen und einem Kopftuch empfangen. Ich habe gar nicht mit dir gerechnet, werde ich sagen. Du siehst, ich habe mich eingelebt. Mira wird schweigend durch den Garten gehen, dann durch das Haus. Ich verstehe dich, wird sie sagen und mich umarmen. Dabei werde ich mich erinnern, wie ihre Haut hinter den Ohren und im Nacken riecht. Ich werde mich erinnern, wie wir nachts in meiner Küche saßen, rauchten und blaue Lippen vom Rotwein hatten. Wie ich morgens mit dem Bus zur Uni fuhr und immer zwei Haltestellen früher ausstieg, um die letzten Meter zu laufen. Es gab eine kleine Bäckerei. Dort kaufte ich Gebäck vom Vortag zum halben Preis und manchmal einen Kaffee, Filterkaffee mit Kondensmilch, in einem Plastikbecher. Ich werde mich erinnern, wie ich mein Examen gefeiert habe in einer kleinen Pizzeria in der Nähe der Universität. Ich bin nicht Lehrerin geworden, weil ich es mir besonders gewünscht habe. Ich bin Lehrerin geworden, weil mir einfach nichts anderes einfiel.

In der Küche sitzen die Verbrecher am Tisch. Matwej in lässiger Pose, die Beine übereinandergeschlagen, mit den Armen fuchtelnd, als würde er Fliegen oder lästige Gedanken verscheuchen wollen, und Pjotr, sein Kinn in die Hand gestützt, auf die Papiere starrend. Da ist sie ja, sagt Matwej, springt auf und schiebt mir einen Stuhl hin. Als ich die Jacke ausziehen will, kommt er mir zuvor, meine Hand verhakt sich im zerrissenen Innenfutter. Ich habe mir deine Jacke geliehen, sage ich und setze mich. Pjotr reagiert nicht, er bewegt schnell und stumm seine Lippen, als löse er eine komplizierte Rechenaufgabe. Mascha, um es kurz zu machen, sagt Matwej, ich möchte das Haus kaufen. Es gibt hier eine Menge zu renovieren, aber ich denke, ich kann daraus ein Schmuckstück machen. Es hat Charme, ich würde sogar selber einziehen. Moskau geht mir auf die

Nerven. Nicht mir, aber ich habe das Gefühl, dass die schlechte Luft und die vielen Autos meine Frau nervös machen. Vielleicht würde es ihr guttun, verstehen Sie? Sie kann das große Haus haben, und ich ziehe in die Gartenlaube. Da hab ich meine Ruhe, sagt Matwej und schenkt sich Wodka nach.

Wie viel würden Sie denn zahlen, höre ich mich fragen.

Pjotr sieht überrascht hoch, und Matwej lehnt sich zufrieden zurück. Sie ist Deutsche. Sie ist eine Kapitalistin, deine Mascha, sagt er. Mascha, Sie gefallen mir. So macht man Geschäfte. Nun geht die Frage zurück an Sie: Wie viel wollen Sie für das Haus?

Was weiß ich, was so ein Haus kostet, denke ich. Ich weiß ungefähr, was eine Wohnung in Berlin kostet, weil Mira geerbt hat und jetzt jedes Wochenende Wohnungen besichtigt.

Woher soll Mascha denn wissen, was hier so ein Haus wert ist, fragt Pjotr.

Hast du nicht geschrieben, es hätten sich schon einige das Haus angesehen? Was wollten die denn zahlen, frage ich.

Ich bin erstaunt über meinen forschen Ton. Es beginnt mir zu gefallen, ich sollte den Beruf wechseln. Ich sollte mir die Haare schneiden, meine Garderobe und meine Wohnungseinrichtung ändern. Keine Antiquitätenschränkchen und kein Landhausstil. Dafür Transparenz, dunkles Leder und kühle Eleganz.

Über Geld haben wir nicht gesprochen, sagt Pjotr.

Das wollte ich nicht ohne dich tun. Das hätte ich anmaßend gefunden.

Anmaßend klingt im Russischen seltsam, denke ich. Er hätte es anmaßend gefunden. Ich muss jetzt schnell eine Zahl nennen. Sie wollen eine Summe von mir hören. Auf Pjotrs Hilfe kann ich nicht zählen, er verhält sich wie ein Fremder. Nicht wie jemand, mit dem ich im Winter Snegurotschka gebaut habe. Nicht wie jemand, der mir zugezwinkert hat, wenn Großmutter Vorträge hielt über mein schlechtes Benehmen oder das meiner Mutter. Er sitzt da wie jemand, der erst vor kurzem die Firma seines verstorbenen Vaters übernommen hat. Ein Feigling. Keine Ahnung, wie er hier mit Großmutter gelebt hat. Keine Ahnung, warum er nie geheiratet hat, warum er sich hier eingenistet hat. Warum hat er eigentlich sein Auge operieren lassen? Einfach so, sagt er. Alles ist einfach so. Großmutter ist tot. Einfach so. Man stirbt doch nicht einfach so. Großvater ist auch einfach so gestorben. Von der Leiter gefallen, einfach so. Da musste ein Mann ins Haus. Ins große Haus zur einsamen Tamara und ihrer schönen Tochter. Jung war Pjotr damals. Vielleicht dreiundzwanzig, als er kam. Arbeit wollte er. Er kam und blieb, als Sohn, als Mann, als Vater. Sprich nicht über Pjotr. Pjotr ist ein Schmarotzer, er hat uns alle hinters Licht geführt, sagte meine Mutter. Aber er hilft doch Großmutter, sagte ich, und meine Mutter fing an zu lachen. Das Lachen kam schwallartig, gurgelnd aus ihrer Kehle herausgeschossen. Bitter, als würde sie etwas ausspeien wollen. Warum mag Mama Pjotr nicht, fragte ich meine Großmutter, als ich sie in Russland besucht habe. Das wäre mir neu. Sie will nicht über ihn sprechen. Aber da gibt es auch nichts zu besprechen, sagte sie.

Pjotr sieht mich an, als errate er meine Gedanken. Er hat eine Hand flach auf den Tisch gelegt. Seine Hand neben meiner Hand.

Ich möchte für dieses Haus hundertachtzigtausend, sage ich und fühle mich wie in einer schlechten Vorabendserie.

Vielleicht liest du dir einmal durch, was deine Großmutter in ihr Testament geschrieben hat, sagt Pjotr und reicht mir wieder dieses verfluchte sozialistische Löschpapier.

Ich kann diese verdammten Zeichen nicht hier und jetzt unter diesem Druck lesen, will ich schreien. Ich kann einzelne Worte langsam zusammenführen, und wenn ich Glück habe, ergeben sie einen Sinn.

Ich werde mir das heute Abend alles in Ruhe durchlesen, und morgen können wir darüber sprechen, sage ich, und meine Stimme klingt brüchig. Da ist sie wieder, die Lehrerin, nach getrocknetem Schweiß riechend. Da hat sie sich ein wenig aus dem Fenster gelehnt.

Kein Problem, sagt Matwej beiläufig, als würde er zu einer Person sprechen, die nicht mit am Tisch sitzt, und greift nach seinem Mantel. Ich mache einen kleinen Spaziergang durch das nächtliche Bykovo, frische Luft wird mir guttun. Ich erhole mich von den Autos in Moskau, und Sie besprechen sich. In einer Stunde komme ich zurück. Mal sehen, vielleicht sind Sie dann schon weiter. Er geht und schließt leise, ein wenig zu vorsichtig die Tür.

Seltsamer Typ, sage ich. Woher kennst du den?

Habe ich dir doch schon erzählt, sagt Pjotr und zündet sich eine Zigarette an.

Habe ich zu viel verlangt, frage ich.

Nein, ist schon in Ordnung. Die Leute kommen in die Randbezirke, weil Moskau unbezahlbar geworden ist. Ich würde zweihundertfünfzigtausend in bar verlangen. Ich soll ein Viertel bekommen. So will es Tamara.

Hat sie das so in ihr Testament geschrieben?

Ja.

Jetzt weiß ich wenigstens, was drinsteht. Dann sollst du ja eine Menge bekommen. Hat dir die Arbeit hier eigentlich Spaß gemacht? Wolltest du nie etwas anderes machen als die Löcher im Dach flicken, Blätter wegräumen und eine alte Frau bei Laune halten?

Ganz wie deine Mutter.

Ach ja? Du weißt nichts über Mama. Nichts. Meine Stimme klingt heiser.

Was ist los, Mascha? Ich habe meine Arbeit gemacht, sonst nichts.

Natürlich, du hast deine Arbeit gemacht und sonst nichts. Und warum sollst du so viel Geld erben, wenn du deine Arbeit gemacht hast und sonst nichts?

Das geht dich nichts an. Nachdem ihr fortgegangen seid, war Tamara allein. Sie hatte niemanden mehr. Kurz nach eurer Flucht hat sie ihre Arbeit verloren. Ihre Tochter ist im Westen, Sie werden verstehen, dass Sie der sowjetischen Forschung nicht mehr dienen können. Das hat sie umgebracht. Erst wird deine Mutter mit siebzehn von ihrem Kunstlehrer schwanger, ist nicht in der Lage, sich um ihr Kind zu kümmern, lässt es unbeaufsichtigt in einem Park stehen, vergisst es sozusagen, redet wirres Zeug, dann nimmt Tamara dieses Kind, dich, zu sich, zieht es auf, kümmert sich, und dann wird es ihr wieder weggenommen, weil der Vater, der Herr Lehrer-Künstler, sich erinnert, eine Tochter zu haben, und es kann ja nicht sein, sie in der Obhut der Großmutter zu lassen. Dass aber diese Großmutter den Eltern die Wohnung, das Essen und alles bezahlt hat, das zählte nicht mehr. Das Kind sollte mit. Und als dann die Arbeit weg war, was glaubst du, wie es ihr ging? All die Verhöre in den fensterlosen Zimmern, das Klacken im Telefon, irgendwelche Gestalten, die um das Haus schlichen.

Pjotr ist aufgesprungen und geht nervös in der Küche auf und ab. Er hat mich kein einziges Mal angesehen, als würde er mit sich selbst sprechen. Ein zorniges Kind. Seine Stimme überschlägt sich. Das kenne ich von mir, wenn ich mich gegen die Unruhe meiner Klasse durchsetzen will. Wenn die Stimme sich überschlägt, dann weiß ich, dass nichts bei denen ankommt. Sie sehen mich an und sprechen weiter. Sie lachen, sie holen ihre Handys raus. Manchmal schaffe ich es, jemandem das Handy wegzunehmen. Dann ist Ruhe, oder sie drohen mir mit einem Anwalt.

Ihr wart da drüben. Deine Eltern hat es nicht interessiert, was hier los war. Es ging ihnen doch gut hier. Aber deine Mutter wollte immer alles auf einmal.

Meine Mutter ist krank, sage ich ruhig und erstaunt, als müsse ich mich dessen selbst immer wieder vergewissern. Was hat sie, habe ich die Ärztin gefragt, als ich sie am einunddreißigsten Dezember in die psychiatrische Notaufnahme brachte. Mein Vater lebte schon einige Jahre nicht mehr bei uns, und ich hatte gerade mit dem Studium begonnen. Wir wollten zu zweit Silvester feiern, meine Mutter und ich. Erst um zehn Uhr das russische Silvester, dann um zwölf das deutsche, und kurz nach Mitternacht wollte ich zur Erstsemesterfeier gehen. Am Vormittag saßen wir gemeinsam in der Küche und haben gekochte Möhren, Kartoffeln, saure Gurken, frische Gurken, harte Eier und Äpfel für meinen Lieblingssalat geschnitten. Meine Mutter wollte die ganze Zeit Frank Sinatra hören. Sie summte leise mit und sah in ihrem Baumwollnachthemd aus wie ein junges Mädchen. Nimm mich mit, sagte sie. Ich kann dich nicht mitnehmen, Mama. Das ist eine Studentenparty. Es ist wichtig für mich, dorthin zu gehen, Mama. Was ist daran wichtig? Es ist wichtig, neue Kontakte zu knüpfen. Natürlich, das ist wichtig, nickte sie immer wieder bekräftigend. Geh und amüsier dich. Lern Männer kennen. Bring sie mit nach Hause, Schatz. Mama, ich will einfach nur zu einer Feier gehen, weiter nichts, sagte ich. Natürlich, weiter nichts, Schatz. Ich ziehe mich um, ich verkleide mich als Studentin, rief sie plötzlich. Sie lief ins Schlafzimmer, zog das Nachthemd aus und streifte über den nackten Körper ein geblümtes Sommerkleid mit schmalen Trägern. Sie tanzte vor dem Spiegel, und ihre schweren Brüste wippten unter dem Polyesterstoff. Tanz mit mir, rief sie. Ich möchte nicht, Mama. Los, tanz mit mir! Sie hielt meine Hände, und wir drehten uns. Immer schneller. Irgendwann gelang es mir, mich loszumachen. Ich nahm meinen Mantel, verließ die Wohnung und rannte die Treppen hinunter. Unten angelangt, hörte ich ihren Schrei und kehrte um. Sie stand blutend in der Tür mit einem Messer in der Hand.

Wir haben Ihrer Mutter ein Beruhigungsmittel gegeben, sagte die Ärztin. Unter ihrem weißen Kittel blitzte roter Stoff hervor. Wir werden sie erst einmal hierbehalten, und dann sehen wir weiter.

Aber was hat sie, fragte ich wieder.

Das kann ich Ihnen nicht sagen. Vielleicht eine Psychose. Ist es zum ersten Mal so schlimm?

Ist es zum ersten Mal so schlimm, wiederholte ich im Kopf. Das weiß ich nicht. Wahrscheinlich ist es nicht das erste Mal. Was weiß ich, was das erste Mal ist. Ich weiß nicht, wann es bei ihr losging. In Russland, als ich noch zu klein war, um es zu merken? Oder meint sie all die Seltsamkeiten im Alltag? Gespräche und Berührungen mit fremden Menschen, das unbestimmte Lachen in der Öffentlichkeit oder ihre ständigen Fragen. Bist du traurig? Nein, Mama ich bin nicht traurig. Aber ich sehe es dir doch an. Es ist nichts. Hast du jemandem von mir erzählt? Wem soll ich etwas erzählt haben, Mama? Du weißt schon, hast du? Nein, Mama. Hat jemand nach mir gefragt? Nicht dass ich wüsste, Mama. Aber es war doch jemand hier, oder? Als ich geschlafen habe? Es war niemand hier, und niemand hat nach dir gefragt.

Im Notaufnahmelager Marienfelde gab es eine Pforte, an der jeder sich ausweisen musste, die Taschen vorzeigen und erklären, wohin er ging und wann er wiederkommen würde. Dort stand meine Mutter versteckt hinter einer Wand und flüsterte dem Pförtner zu, sie sei nicht zu sprechen, wenn jemand sie suchen sollte. Die Pförtner gewöhnten sich schnell daran und fragten nicht nach. Sie fragten auch nicht, warum meine Mutter mir manchmal folgte, wenn ich zur Schule ging und mein Vater noch schlief, in dem Etagenbett aus Eisen und mit karierter Bettwäsche.

Das ist mein Kind, hat Mama gedacht. Es hat dunkle Locken und Augen braun wie eine Haselnuss. Wenn es morgens aufwacht, sieht es mich verlegen an, als schäme es sich, das Nachthemd auszuziehen und die Sachen anzuziehen, die eine polnische Frau in einem blauen Sack gebracht hat. Hier, das ist für euch. Kleidung für euer Kind. Die besten Sachen sind leider schon weg. Die aus der DDR kommen immer zuerst dran. Das Kind bedankt sich. Das Kind ist höflich, zu höflich für ein Kind, dafür hat die Große Tamara gesorgt. Am Tor beim Pförtner gibt es mir einen Abschiedskuss. Bis später, Mama, sagt es, ohne mich anzusehen. In Moskau hat das Kind auch schon so umständlich Mama gesagt, als handle es sich um ein besonders schwieriges Wort. Bis später, Mascha. Lass dich nicht ärgern. Sprich mit niemandem, den du nicht kennst. Pass gut auf in der Schule, besser, wir fallen hier nicht auf. Ja, Mama. Ich muss dann. Du musst dann.

Sie sieht ihre Tochter aus dem Gelände gehen. Sie sieht ihren schmalen Körper, eine Jeanshose, die ein wenig zu groß ist. Sie sieht den braunen Ranzen auf dem kleinen Rücken. Diesen Ranzen hatte sie selbst schon in der Schule getragen. Rissiges dunkelbraunes Leder. Sie sieht, wie ihre Tochter an Schaufenstern stehen bleibt, wie sie eine große Plastiktüte aus dem Ranzen holt und den Ranzen in die Tüte steckt. Sie sieht, wie zwei Mädchen in ihrem Alter sie ansprechen und dann lachend weitergehen, wie ihre Tochter stolz den Kopf hebt, in den Himmel blickt und ihren Schritt beschleunigt. Sie schaut auf die Uhr – es ist kurz vor acht. Das Kind ist im Schulgebäude verschwunden, und sie hat noch ganze zwei Stunden, bis die Frau vom Amt kommt mit ihren Papieren und ihren Fragen. Was für eine Arbeit könnten Sie sich vorstellen? Der Deutschkurs. Der Aussiedlerkreis für Russen, Deutschrussen und andere Polacken. Ihr Mann wird auf dem wackligen Holzstuhl sitzen und rauchen. Ich bin Künstler, wird er sagen. Aber du bist auch Lehrer. Lina, lass das, wird er zischen, und sie wird sich nur noch um die Zubereitung des Mittagessens für das Kind kümmern. Sie kann nicht gut kochen, aber satt werden alle. Sie nimmt den Bus und fährt zum Kurfürstendamm. Sie würde gern ihre Mutter anrufen. In der Fremde ist ihre Mutter immer noch besser als keine Mutter. Aber Tamara hatte es verboten. Das sei zu gefährlich. Sie will doch nicht ihre Arbeit verlieren, nur weil die Tochter meint, woanders sei es besser. Ich rufe dich an, sagte sie. Einmal in der Woche ruft sie an. Immer nur kurz. Wie geht es Mascha? Was macht Mascha? Habt ihr eine schöne Wohnung bekommen? Ja, Mama. Mascha geht es gut, sie lernt schnell, und in der Siedlung hat sie schon Freunde gefunden. Und du? Was soll ich sagen, Lina. Es gibt viel zu tun. Pjotr baut einen neuen Schuppen, und ich werde dieses Jahr nicht mehr so viel anpflanzen, jetzt, wo Mascha weg ist. Habt ihr genug Geld? Ja, wir haben was bekommen. Wir haben hier alles, Mama, ich glaube, die Deutschen sind nett. Sie sieht die bunten Geschäfte, schöne Frauen mit Tüten in der Hand. Im Bus riecht es anders als in Moskau. Es muss ein anderes Benzin sein. Vielleicht werde ich auch einmal mit Tüten in der Hand zur Arbeit fahren, denkt sie. Ich habe nichts gelernt, aber ich könnte eine Ausbildung machen. In einem Blumengeschäft oder in einem Kosmetikgeschäft könnte es mir gefallen. Müde von der Nacht schläft sie ein. Sie wird von einem Mann angesprochen, den sie nicht versteht. Sie merkt, dass sie ihre Haltestelle verpasst hat, und steigt aus. Hier war sie noch nie. Es ist gleich elf, und sie muss ins Lager. Nach Hause ins Lager zurück. Meine Tochter kommt bald, denkt sie.

Vielleicht fing es dort in Marienfelde an. Aber in jener Silvesternacht habe ich mich zum ersten Mal bedroht gefühlt.

Ich musste sie schlagen, sagte ich.

Machen Sie sich keine Vorwürfe. Sie haben alles richtig gemacht. Sie haben sich und Ihre Mutter geschützt. Jetzt gehen Sie ein wenig feiern, Sie können nichts mehr tun. Ein frohes neues Jahr.

Draußen setzte ich mich auf eine Bank und sah, wie die Ärztin in einem roten Glitzerkleid mit schnellen Schritten zum Krankenhausparkplatz lief. Meinetwegen hatte sie den Jahreswechsel verpasst. Etwas Buntes, Lautes explodierte über meinem Kopf, dann wieder und wieder auf dem Weg zur Mensa. Vorbei an grölenden, frierenden Menschen, umgekippten Sektflaschen, geschmückten Bäumen. Ein trauriger Rest betrunkener Studenten auf der Tanzfläche und an einem Tresen, der aus einer ausgehängten Tür und einigen Bierkisten bestand. Überall Luftballons, herumliegende Plastikbecher und schmutzige, zertretene Luftschlangen.

Du musst jetzt gehen, sagte ich am nächsten Morgen zu dem Jungen, der nach Bier und Rauch roch. Ich gab ihm seine Unterhose, seine Jeans, T-Shirt und Pullover. Er sollte weder bei mir duschen noch meinen Kaffee trinken. Er sollte einfach verschwinden. Ich ging ins Bad, setzte mich auf den Rand der Badewanne und wartete, bis ich die Tür ins Schloss fallen hörte.

Ich machte mir Kaffee und aß den Salat, die gekochte Zunge mit Meerrettich, den Matjes und schließlich das Käsegebäck. All die guten Sachen, die meine Mutter und ich uns für unsere kleine Silvesterfeier zubereitet hatten. Ich putzte die Wohnung und ging in die Klinik. Meine Mutter schlief auf der Seite. Sie wird in den nächsten Tagen viel schlafen, sagte ein junger Arzt, der wie ich übernächtigt aussah und einen sauren Atem hatte. Sie wird einige Zeit bei uns bleiben. Versteht sie Deutsch? Ein wenig, sagte ich. Nach über zehn Jahren in Deutschland verstand meine Mutter wirklich nur ein wenig. Oder sie verstand alles und verstellte sich. Sie blieb für einen Monat in der Klinik, danach Tagesklinik, dann nur noch Medikamente und eine Zeit der Ruhe, dann wieder in die Klinik.

Krank, sagt Pjotr verächtlich. Ich bin auch krank. Die Hälfte der Menschen in diesem Land ist krank. Impulsiv ist sie. Ein Wildpferd. Nimmt sich, was sie will. Er schließt die Augen, und sie flattern unter den Lidern hin und her.

Zweihundertfünfzigtausend Euro in bar, frage ich.

Nicht Euro, Dollar. Man bezahlt hier in Dollar. Seine Augen sind immer noch geschlossen.

Gut, dann eben Dollar. Das sind ungefähr vierhunderttausend Dollar, sage ich.

Ja. Du kannst es ja mal versuchen. Pjotr scheint amüsiert über meine Geschäftstüchtigkeit. Doch, doch, versuch es. Matwej hat genug Geld.

Was steht noch im Testament, frage ich.

Es gibt Schmuck, den du bekommen sollst, und eine Ikone für deine Mutter. Zum Schutz gegen die Dämonen. Warum liest du es nicht einfach selbst?

Für Russen gibt es keine Krankheit, die man nicht mit Tabletten oder Hühnersuppe behandeln kann, und für alles, was unerklärbar ist, werden die Dämonen bemüht. Gegen die Dämonen, frage ich. Das glaubst du doch nicht wirklich, oder?

Was weiß ich, sagt Pjotr. Der Kunstlehrer hat sie verführt. Dann entführt. Ich mochte den nie. Ein Weichei. Keine Ahnung vom Fischen. Der hat es ausgenutzt, dass Lina so – was weiß ich.

Vielleicht hat sie *ihn* verführt, sage ich.

Pjotrs Blick bohrt sich in mein Gesicht. Durch mein Gesicht. Als hätte er etwas entdeckt. Als würde er eine Schlange am Wegesrand vermuten. Gut, dass deine Großmutter das jetzt nicht hört, sagt er so leise, als könne sie es sonst hören. Aber vielleicht hast du recht. Vielleicht hat sie ihn verführt. Das konnte sie. War ein schönes Mädchen. Zieh dir was Ordentliches an, sagte Tamara zu ihr, wenn sie einem in ihren kurzen Röcken vor der Visage herumtänzelte.

Pjotr deutet eine Tanzbewegung an, und es sieht aus, als würde er aus seinem Körper heraustreten, als würde er die Hand meiner jungen Mutter nehmen und mit ihr durch den Garten tanzen. Tamara sitzt auf der Veranda und sieht zu. Sieht die glatten Beine ihrer Tochter und hört Pjotr lachen. Sie kann nicht einfach rufen: Pjotr, komm her, hört auf zu tanzen! Das wäre albern, unangemessen. Sie muss das Tanzen über sich ergehen lassen. Sie muss die erhitzten Wangen ihrer Tochter und Pjotrs gierigen Blick ertragen. Bis es vorbei ist. Aber der Tanz dauert lange. So lange, dass sie es nicht mehr aushält. So lange, dass sie ins Haus geht und den nicht vorhandenen Staub wischt. Dann kommt Pjotr in die Küche gestolpert. Er schnauft und küsst ihren Nacken. Sie riecht seinen Schweiß und die Seife ihrer Tochter. Auch die Küsse lässt sie über sich ergehen. Sie versucht zu lachen, schüttelt den Kopf. Durch das Fenster sieht sie, wie ihre Tochter das Gesicht mit Wasser aus der Regentonne kühlt und sich dann in den Sessel auf der Veranda fallen lässt. Sie wünscht sich, dieses Kind nie bekommen zu haben. Und schämt sich dafür.

Ich gehe mal nach Matwej sehen, der hat sich wohl verlaufen, sagt Pjotr und nimmt seine Jacke.

Matwej steht schon vor der Tür und klopft den Schnee von seinen Stiefeln. Was für eine Idylle, sagt er. Du gehst, und da ist Wald, und du gehst weiter, und da ist immer noch Wald.

Trink erst mal ein Gläschen zum Aufwärmen, sagt Pjotr und schenkt Wodka ein.

Unter Russen, denke ich. Was wäre aus mir geworden, wenn meine Eltern mich in Bykovo gelassen hätten? Als wir im Westen ankamen, war es warm und Mittagszeit. Von meiner Großmutter war ich gewohnt, immer zur gleichen Zeit zu essen. Erst Suppe, dann Fleisch mit Kartoffeln, Kompott. Jeden Tag um Punkt halb eins. Jetzt warteten wir auf unser Gepäck, und ich hatte Hunger. In der Flughafenhalle gab es einen Kiosk. Mein Vater kramte in seiner Tasche und holte ein Stück fremdes Geld hervor. Geh dir was kaufen. An der Kasse lehnte eine Frau mit roten Locken. Ich sagte guten Tag auf Russisch und zeigte auf einen Schokoriegel in der Auslage. Sie sah mich an und bewegte ihren Mund. Aus ihr kamen Worte, die wie ein Hupkonzert klangen. Aber sie hatte mich verstanden und gab mir den Schokoriegel. Schokolade mit Keks und Karamell in goldenem Papier. Fast so gut wie die roten Hähne der Zigeuner. Ich durfte vor dem richtigen Essen Schokolade essen. Wir wurden von einem jungen Mann abgeholt, der mit eigenartigem Akzent Russisch sprach. Er führte uns und zwei andere Familien zu einem großen Gebäude, wo wir viele Stunden verbrachten und verschiedene Papiere ausfüllten, unsere Pässe zeigten und befragt wurden. Ich behielt das goldene Papier fest in der Hand und hatte immer noch großen Hunger. Ich dachte, es ist bestimmt schon Teezeit, und wir haben gar nichts Richtiges gegessen. Dann eine lange Wartezeit auf dem Flur. Meine Mutter legte ihren Mantel auf eine Bank, und ich konnte schlafen. Zuerst hatte ich nur die Augen geschlossen und hörte, wie Menschen an mir vorbeigingen und diese hupende Sprache sprachen. Dann stellte ich mir vor, wie das ganze Gebäude abhob in den Kosmos zu Gagarin. Er kommt nicht zurück, hatte die Große Tamara behauptet, er wohnt bei den Sternen. Als ich aufwachte, war es draußen schon fast dunkel. Ein rosa Himmel wie der Himmel in Bykovo. Es gab eine endlose Reihe von Türen, und aus einer kamen endlich meine Eltern. Sie hatten Papiere in der Hand und nickten immer wieder einer Frau zu, die auf sie einredete. Das ist unsere Tochter, sagte mein Vater und zeigte auf mich wie auf ein Paket. Die Frau interessierte sich aber nur für die Papiere. Gleich werden sie merken, dass das Gebäude einfach in den Kosmos geflogen ist. Aus Berlin in den Kosmos.

Ich dachte immer, ich kann nur in der Stadt leben, sagt Matwej, aber wenn ich das hier so sehe, kann ich dich verstehen, Pjotr. Diese reine, kalte Luft. Ich habe das Gefühl, ich bin selbst rein wie ein Baby. Die kalte Luft hat all den Dreck aus mir herausgezogen. Auf dem Weg ist mir ein Mütterchen begegnet, sie blieb stehen und gab mir ihren Segen. Das muss man sich mal vorstellen, so etwas gibt es in Moskau doch gar nicht. Da knallen sie dich ab, wenn du denen querkommst.

Übertreib mal nicht, Matwej.

Das ist die Wahrheit! Aber es ist nicht zu ändern. Es ist, wie es ist. Wir können hoffen, dass es nicht schlimmer wird.

Mascha verkauft das Haus, sagt Pjotr plötzlich.

Lass sie doch selbst sprechen, du Ganove. Matwej sieht mich mit einem schiefen Grinsen an wie in einem Mafiafilm.

Ich möchte vierhunderttausend Dollar, sage ich und spiele das Mafiaspiel mit.

Verstehe, ich habe es hier mit Experten zu tun. Vierhunderttausend. Das ist eine Menge.

Gleich wird die Tür aufspringen, vermummte Gestalten mit Maschinengewehren werden in die Küche stürmen. So macht man keine Geschäfte, wird Matwej sagen und sich eine dicke Zigarre anzünden. Er wird mir den Rauch ins Gesicht blasen und sagen: Erst den Alten, dann die Deutsche. Ich werde nein! rufen, aber Pjotr wird schon blutend am Boden liegen. Er wird seine Hand nach mir ausstrecken und meinen Blick suchen. Es gibt noch so viel, was ich dir sagen wollte, wird er hauchen. Ich, den Tod vor Augen, werde aus der Tür stürzen, rennen, nur rennen und in den alten Kinosaal von Bykovo flüchten, mich in einem Sitz zusammenkauern, den Geruch von muffiger Watte einatmen und auf die Leinwand starren.

Verwackelte Bilder aus dem Krankenhaus in Moskau, ein Baby im Arm meiner Mutter. Sie lacht glücklich in die Kamera, und eine strenge KGB-Schwester steht daneben und hält ein seltsames Messgerät in der Hand. Schnitt auf meinen Vater, im grauen Tweedmantel, mit einem Strauß Nelken in der Hand, der die Eingangstreppe zum Krankenhaus hinaufeilt. Vor der Tür zieht er noch einmal kräftig an seiner Zigarette und drückt sie an der Wand aus. Meine Mutter sitzt jetzt erschöpft auf einem Stuhl, neben ihr ein kleiner Koffer und wieder die Schwester, die mich, das kleine Paket, in ihrem Arm hält. Mein Vater will ihr das Paket entreißen, sie aber dreht sich schnell weg und lächelt böse in die Kamera. Sie fangen an zu streiten, aber der Ton ist so schlecht, dass ich die einzelnen Worte nicht verstehen kann. Die nächste Einstellung zeigt das Badezimmer in der kleinen Moskauer Wohnung. Ich werde in einem Plastikeimer gebadet. Ich schreie. Was hat denn das Menschlein, sagt meine Mutter, und mein Vater schimpft, das Wasser sei viel zu kalt. Schnitt. Ich liege in einem Kinderwagen mit stolzen hohen Rädern. Ich habe ein weißes Wollhäubchen auf dem Kopf und einen großen Schnuller im Mund. Meine Mutter sitzt auf einer Parkbank in der Sonne. Es scheint ein milder Tag zu sein. Sie hält die Augen geschlossen, und ich kann nicht erkennen, ob sie schläft oder nur die Sonne genießt. Hinter der Bank eine Wiese, drei Jungs spielen Fußball. Plötzlich steht meine Mutter auf und geht. So war das also, denke ich und versinke noch tiefer im Kinosessel. Die Kamera folgt ihr durch den Park. Sie trägt einen braunen Rock, grobe Strümpfe, einen gelben Pullover und eine Strickweste über dem Pullover. Die Haare hat sie zu einem Zopf gebunden, unter dem Arm klemmt eine rote Tasche. Ihr Schritt wird schneller, und sie sieht sich einige Male um. Aber es sieht nicht so aus, als würde sie sich nach dem Kinderwagen umschauen, eher, als würde sie verfolgt. Ihr Gesichtsausdruck ist ängstlich, und ihr Mund bewegt sich. Jetzt bleibt sie stehen und beugt sich herunter, um ihren Schuh zu binden. Froschperspektive. Sie sieht mich direkt an. Ihr jugendliches Gesicht füllt mit einem trotzigen und rebellischen Ausdruck die gesamte Leinwand. Diesen Ausdruck hat sie bis heute. Unter dem linken Auge ist eine kleine Erhebung. Das ist mir noch nie aufgefallen. Schnitt. Meine Mutter sitzt in der U-Bahn zwischen einem jungen Mann, der mit seinen gelben Locken ein wenig an ein Schaf erinnert, und einem älteren Mann mit aufgedunsenem Gesicht. Er hat eine Zeitung aufgeschlagen, aber seine Augen sind starr. Er liest nicht. Es sieht aus, als überlege er, wie er meine Mutter ansprechen könnte. Schnitt auf Pjotr in der Halbtotalen. Er sitzt am Ufer eines Sees und spricht mit einer Ente, die vor ihm auf und ab watschelt. Er ist nackt bis auf die Unterhose. Die nächste Einstellung zeigt wieder den Kinderwagen im Park. Eine ältere Dame ist über mich gebeugt. Sie redet auf mich ein und blickt sich immer wieder um, als suche sie meine Mutter, als könne sie nicht glauben, dass mich niemand beaufsichtigt. Ich bin wach geworden, und mein Gesicht ist rot vom Schreien. Das Bild wird immer schlechter, Überblendung. Mein Vater rauchend in der Küche. Die Große Tamara sitzt bei ihm, und sie starren beide auf den Küchentisch. Sie hält ein Glas Wasser in der Hand. Wie anders sie aussieht. Ein Gesicht, das zu erschlaffen beginnt, in dem gerade noch das Mädchen zu erkennen ist. Ich weiß nicht viel über die Kindheit meiner Großmutter, die sie in Priluki, in der Ukraine, verbrachte. Nur von ihrem Zwillingsbruder erzählte sie oft. Er hat ihr einen Heiratsantrag gemacht, als sie zehn waren. Willst du mit mir durchs Leben ziehen, als mein zweites Ich, sagte er zu ihr. Das habe ich mir gemerkt. Da bin wieder ich. Bei der Essensausgabe im Aufnahmelager Marienfelde. Ich warte auf die Suppe und halte einen kleinen Blechtopf in der einen Hand und in der anderen eine Karaffe aus Glas. Neben mir steht die behinderte und fette Viola aus der Nachbarbaracke. Ich blicke ängstlich zu ihr herüber. Sie konnte spucken wie ein Lama. Alle Lagerkinder hatten Angst vor ihr. Ihre zähe gelbe Spucke traf uns immer. Sie ist krank, sagte meine Mutter, und mein Vater sagte, sie sei ein Unfall, ein Unglück. Jetzt grinst sie böse zu mir herüber und schiebt ihre wulstige, feuchte Unterlippe nach vorn. Ihre Augen sind klein und schmal hinter der dicken Brille. Sie trägt ein T-Shirt mit der Aufschrift USA und hat große Brüste, obwohl sie eigentlich noch ein Kind ist. Es ging das Gerücht, dass Viola die Jungs an ihre Brüste ließ. Ganz ohne Geld. Da ist meine Schule in Schwarz-Weiß. Ich sitze mit Ahmed und Ayse in der hintersten Reihe. Ich kann das Putzmittel riechen. Ein stechender, aber angenehm vertrauter Geruch. Jetzt beuge ich mich vor und krame aus meinem Schulranzen ein Buch. Ich will so einen Ranzen wie die anderen Kinder, habe ich meiner Mutter gesagt. Aber dein Ranzen ist doch schön. Mein Ranzen ist hässlich. Ich will so einen Ranzen wie die anderen Kinder. Zu meinem sagen sie Kommunistenranzen. Auf dem Bett eine große Tüte. KaDeWe. Was ist das? Sieh nach. Ich öffne langsam die Tüte und ziehe ein großes Paket heraus. Meine Mutter nimmt es mir ungeduldig aus der Hand, reißt das Geschenkpapier ab und hält einen grünen Schulranzen aus Kunstleder in die Höhe. Eine bunte Mickymaus schmückt den Deckel. Ein neuer Ranzen, rufe ich. Ist das der richtige? Ja, sage ich, aber es war nicht der richtige. Ich wusste, dass dieser Ranzen alles nur noch schlimmer machen würde. Und so war es auch. Die Kommunistin hat einen neuen Ranzen, riefen die Kinder, sie braucht mal wieder was auf die Fresse. Nochmal Pjotr, sein Gesicht unscharf. Er steht vor der Schule und wartet. Schaut auf die Uhr. Das Ticken ist laut zu hören, ich höre nur noch das Ticken. Das Bild flimmert, verschwindet und flackert wieder auf. Sterne leuchten auf der Leinwand, und Gagarin sitzt in seinem Raumschiff und drückt verzweifelt Knöpfe. Er reißt sich den Helm vom Kopf und wischt sich die Stirn. Meine Großmutter steht hinter ihm und will ihm den Nacken massieren, aber er macht eine abwehrende Bewegung. In der nächsten Einstellung liege ich in meinem Bett in Berlin, die Kamera fährt um mich herum. Mein Nachbar liegt neben mir und schläft. Das Bild verschwimmt, beruhigt sich wieder, und jetzt bin nicht ich es, die in meinem Bett liegt, sondern Monika, die kleine Ratte aus meiner Achten. Auch der Nachbar ist weg. Pjotr liegt nun dort. Die beiden verschwinden unter der Bettdecke. Atemgeräusche und Stöhnen, und zwischendurch taucht ein erhitztes Gesicht auf. Ich springe auf, laufe aus dem Kino. Draußen ist es kalt, und es ist mühsam, durch den Schnee zu kommen. Hinter mir Stimmen. Ich drehe mich um und sehe eine Menschenmenge aus dem Kino drängen. Sie alle haben den Film gesehen. Ich erkenne Frau Dr. Krüger, Mira in Begleitung eines jungen Mannes, meine Mutter, ihren Arzt aus der Klinik, Matwej mit seiner Familie und Pjotr, die Hände an den blutenden Kopf gepresst.

Liebe Mascha, ich kann Ihnen gleich sagen, vierhunderttausend werde ich Ihnen nicht zahlen und auch sonst niemand. Das Haus ist hübsch, aber es liegt mitten im Wald, zur Bahn ist es weit, die Wege sind schlecht, und alles muss renoviert werden.

Gut, dann dreihundertsechzig.

Lassen Sie mich einen Anruf machen, sagt Matwej und geht auf die Veranda.

Meinst du, er wird zahlen, flüstere ich.

Pjotr nickt. Weiter darfst du nicht heruntergehen.

Und wenn er nicht zahlt?

Dann suchen wir weiter, oder das Haus wird eben nicht verkauft. Ich bringe es in Schuss, und du kannst mit deiner Familie hier einziehen.

Hör endlich auf damit, es ist nicht mehr lustig. Ich habe keine Familie.

Pjotr geht mir auf die Nerven. Dieses Haus geht mir auf die Nerven. Matwej soll es kaufen, und ich kann bald weg. Pjotr hätte mich hier gar nicht gebraucht. Er hätte das Haus wunderbar allein verkaufen können.

Entschuldige meine Unbeherrschtheit, Großmutter. Dein Abgang war ein wenig zu diskret. Wir konnten uns nicht mehr verabschieden. Damals nicht und jetzt wieder nicht. Pjotr macht sich lustig über mich. Ich habe keine Familie. Keinen Mann und keine Kinder. Warum, weiß ich nicht. Es hat nicht geklappt. Die wenigen Männer, die ich bis jetzt getroffen habe, waren nicht die richtigen. Kinder wollte ich nie. Jetzt denke ich manchmal, dass ich später Kinder haben möchte. Jetzt ist später. Jetzt bin ich hier, und alles ist anders. Ich bin mir fremd. Da sind Pjotr und das Haus. Und da ist mein Leben, das ich vergessen hatte. Verstehst du? Ich hatte all die Jahre vergessen, dass es dieses Leben hier gibt. Ich hatte es hinter mir gelassen. Jetzt dreht sich Großmutter zu mir, ihr Gesicht ist fahl. Sie ist tot, denke ich.

Schon gut, Mascha, ihr Deutschen habt keinen Humor, sagt Pjotr.

Was weißt denn du über die Deutschen, denke ich. Ich lebe seit mehr als fünfundzwanzig Jahren dort und weiß bis heute nichts über die Deutschen. Sie sind eben da und schämen sich meist für irgendetwas. Über die Russen weiß ich auch nichts, außer dass sie immer übertreiben.

Ich lebe gern in Deutschland, sage ich.

Warum auch nicht, sagt Pjotr.

Mit wem telefoniert Matwej, frage ich.

Wahrscheinlich mit seiner Frau. Ich glaube, er hat es ernst gemeint. Matwej ist ein feiner Kerl. Nicht der Schlaueste, aber ein Guter.

Matwej kommt zurück und bleibt in der Tür stehen. Ich bin mir nicht sicher, ob er Pjotrs letzten Satz gehört hat. Ich werde das Haus kaufen, sagt er. Ich habe mit meiner Frau gesprochen, das ist das Wichtigste. Morgen bringe ich das Geld und meine Frau. Er lacht über den Witz, und ich muss auch lachen. Jetzt muss ich aber los, sagt er. Morgen Mittag machen wir den Handel perfekt und stoßen an. Er drückt fest meine Hand, umarmt Pjotr, nimmt seine Tasche und geht zur Tür. Pjotr will ihn nach draußen begleiten, aber er winkt ab.

Na, was habe ich gesagt, grinst Pjotr.

Der erste Interessent kauft es gleich. So einfach. Ich kann es noch gar nicht glauben. Was wirst du jetzt tun, frage ich.

Das, was ich immer getan habe.

Hast du nie Lust gehabt, aus Bykovo wegzugehen, aus Russland wegzugehen? Mal ein anderes Land kennenzulernen?

Vielleicht besuche ich dich in Deutschland. Hast du Platz?

Ja, sage ich, aber die Vorstellung, dass Pjotr in meiner Küche sitzt und auf meinem Sofa schläft, ist mir unheimlich. Pjotr ist ein Teil von etwas, das vergangen ist. Ein Teil von Bykovo. Wenn Pjotr nach Deutschland käme, wäre das wie ein Betrug an der Vergangenheit.

Und du lebst allein, fragt Pjotr.

Ja, ich lebe allein.

Denkst du auf Deutsch?

Wieso ist er plötzlich so interessiert? Vielleicht entspannt er sich jetzt. Das Haus ist so gut wie verkauft, und wir beide werden in Zukunft Geld haben, das wir vorher nicht hatten. Falls ich meine Arbeit in der Schule verliere, kann ich einige Zeit über die Runden kommen.

Ich denke deutsch, sage ich, und wenn ich meine Gedanken auf Distanz halten will, dann denke ich auf Russisch. Ich meine: zu mir selbst auf Distanz halten.

Und fühlst du dich mehr deutsch oder russisch?

Weder noch. Irgendetwas dazwischen. Während meines Referendariats nahm ich einige Stunden bei einer Logopädin, weil ich vor der Klasse immer heiser wurde. Sie bat mich, etwas auf Russisch zu sagen. Ich sagte: Guten Tag, mein Name ist Mascha, auf Wiedersehen. Es war das erste Mal, dass ich gefühlt habe, dass ich Mascha heiße. Dass ich Mascha bin. Dass das, was ich sage, die Mascha sagt, die ich bin, verstehst du?

Nein, Mascha, sagt Pjotr und betont meinen Namen genau so, wie ich es vorher getan habe.

Sag mal: Guten Tag, ich bin Pjotr.

Guten Tag, ich bin Pjotr. Und? Was ist dabei?

Das meine ich. Für dich ist nichts dabei, weil es deine Sprache ist. Ist auch egal, jedenfalls fühle ich mich hier als Ausländerin. Hast du eigentlich hier gewohnt oder bei dir?

Hier habe ich gewohnt. Bei Tamara. Schon lange. In meinem Haus lebt mein Bruder und säuft sich gewissenhaft zu Tode. Ich dachte, es wäre für dich angenehmer, wenn du hier allein bist. Deshalb schlafe ich drüben bei Brüderchen. Da gehe ich jetzt auch hin. Morgen komme ich und bringe etwas zum Frühstücken. Matwej hat sich ja erst für mittags angesagt.

Pjotr streckt sich und gähnt laut. Er steht auf, nimmt seine Jacke und setzt seine Fellmütze auf. Da steht ein richtiger Russe vor mir, denke ich und muss mir ein Lachen verkneifen.

Mit dem Ofen kommst du klar, ja? Kein Wasser reinschütten, sagt er und kommt einen Schritt auf mich zu. Er umarmt mich. Das Fell der Mütze kitzelt mich. Er küsst mich auf die Wange und hält mich weiter umarmt, als würden wir uns morgen nicht mehr wiedersehen. Als hätte er seinen Koffer schon gepackt, um nach Finnland, Island oder St. Petersburg zu reisen. Als hätte er seine Aufgabe erfüllt, Tamara in Würde zu begraben und der Enkelin das Erbe zu verschaffen. Als hätte er von mir etwas erwartet, was ich nicht erfüllen konnte. Er wird jetzt hinausgehen und meine Großmutter auf dem Friedhof abholen. Sie wird in ihrem Leichenhemd an der Ecke neben der Brücke warten. Sie wird ihm entgegenlaufen und alles über mich erfahren wollen. Ihre Haut ist glatt, und die Züge gleichen denen meiner Mutter. Alles erledigt, wird er sagen, so wie du es wolltest.

Ich versuche, nicht zu atmen. Das Anheben meines Brustkorbs würde den Abstand zwischen uns verringern. Mehr Nähe würde ich jetzt nicht aushalten. Ich kann mich nicht erinnern, jemals so umarmt worden zu sein. Die Umarmungen meiner Großmutter waren auch fest, manchmal sogar schmerzhaft. Aber sie berührte nur einzelne Stellen meines Körpers. Ihre Umarmung war eckig und kurz. Meine Mutter umarmte mich oft. Wenn ich an ihre Umarmung denke, denke ich an Milch mit süßem Honig. Mein Vater hat mich nicht umarmt.

Wenn ich mit ihm ins Museum ging, erzählte er von den Künstlern, und vor besonders bedeutenden Werken nahm er manchmal meine Hand und drückte sie fest, um seine Ergriffenheit mit mir zu teilen.

Pjotrs Umarmung umschließt meinen ganzen Körper. Ich kann mir vorstellen, dass seine Haut warm ist und er eine angenehme Fettschicht besitzt, unter der er seine Wärme speichert. Ich kann mir vorstellen, dass Frau Mirbach, die mir Nachhilfeunterricht in Deutsch gab, mich so umarmt hätte. Als Kind habe ich mir manchmal vorgestellt, wie es wäre, bei Frau Mirbach zu leben. Ihre halbe Tochter zu sein. Mittags mit meinen halben Geschwistern Buletten und Kohlrabi in Rahm zu essen, und nachmittags hätten wir im Garten gespielt. So stellte ich mir ein deutsches Leben vor.

Schlaf gut, Mascha, sagt Pjotr. Er schließt leise die Tür, und ich bin wieder allein. Meine zweite Nacht in diesem Haus. Als Erstes werde ich das Bett beziehen. Nein, als Erstes werde ich die Küche aufräumen. Ich schließe die Tür von innen ab. Die plötzliche Stille ist mir unangenehm. Ich öffne ein Fenster, um zu lüften, und zünde mir eine von Pjotrs Zigaretten an, die er vergessen hat. Sie schmeckt mir und erinnert mich an die wenigen Momente, die ich in Moskau hatte, in der Großstadt. So roch es in der Großstadt. Der Tabak, der russische Sprit, der zertretene Schnee, süße Parfüms und der Geruch von vielen Menschen. Es riecht nach Kopfhaut, die zu wenig Luft bekommt unter dicken Fellmützen. In Berlin erkenne ich Russen manchmal am Geruch. Vor mir im Bus stand einmal eine russische Dame, die nach der Creme meiner Großmutter roch. Ich hätte sie fast geküsst.

Ich schließe das Fenster und bleibe noch einen Moment auf der Fensterbank sitzen. Vielleicht sollte ich das Haus nicht verkaufen. Ich hätte immer einen Ort, an den ich zurückkommen kann. Keine Mietwohnung, beschmutzt von Spuren fremden Lebens. Ein Haus nur für mich, von meinem Großvater für mich gebaut. Nicht für Matwej. Auch ich könnte dann sagen, ich fahre mal eben nach Hause. Ich komme bald zurück, aber jetzt muss ich nach Hause. Heimat auftanken. Russische Berg- und Seeluft atmen. Durch die Steppe wandern und meinen Wolf besuchen. Den russisch-orthodoxen Glauben annehmen und Puschkin lesen. Eiskunstläuferin werden und Breschnew verführen. Mit Putin, Opa Lenin, Freud, Gorbatschow und Kohl im Garten sitzen und über Laika sprechen. Pilze einlegen. Meine Fingernägel wachsen lassen. Kurze Röcke tragen. Hier bin ich zu Hause, werde ich sagen. Wie meine Mutter, die immer gesagt hat, ich will nach Hause. Wenn ich erst einmal zu Hause bin. Was wirst du tun, wenn du erst einmal zu Hause bist, habe ich sie gefragt. Ich würde einen halben Tag lang mit der Metro fahren, dann würde ich in unser Kino gehen, und abends würde ich einfach aus dem Fenster schauen. Ihre Erinnerung ist 1982 eingefroren. Russland ist 1982 eingefroren. Zu Hause schmeckt es besser als hier in Deutschland, sagt sie. Zum Beispiel das Huhn. Wenn du bei uns eine Hühnersuppe kochst, dann weiß das ganze Haus, dass du eine Hühnersuppe kochst. Das Huhn riecht nach Huhn. Das deutsche Huhn riecht nach nichts, höchstens nach einem Hauch von Huhn. Und die Gurken schmecken hier nach verdünnter Gurke, erinnere dich an die Gurken zu Hause.

Meine Mutter ist nicht vor der Diktatur geflüchtet, sondern vor ihrer Mutter. Wären wir in Irland oder Armenien gelandet, es wäre ihr gleich gewesen. Pjotrs Teller ist noch voll. Ich tunke ein Stück Brot in die Pilzmarinade. Nelken und Dill. Matwej dagegen hat alles aufgegessen und auch den letzten Rest mit einer Brotrinde aufgenommen. Ich stelle Tomaten, Pilze, Fisch und Kondensmilch auf die Fensterbank. Die Fenster sind so undicht, dass die Lebensmittel kühl bleiben müssten bis morgen.

Ich suche Pjotrs Zimmer. Ich wundere mich, warum mir gestern bei meiner Ankunft nichts aufgefallen ist. Die Tür ist neu gestrichen. Das habe ich nicht bemerkt. Es war früher einmal das Kinderzimmer meiner Mutter. An der Wand hängen Zeitungsausschnitte und eine ungerahmte Fotografie der Großen Tamara. Sie steht vor dem Haus, um den Kopf hat sie einen Schal gewickelt gegen die Kälte. Sie trägt einen dicken Militärmantel. Die Kommissarin. Darunter hängt ein Foto von mir. Eines, das ich noch nie gesehen habe. Es zeigt das ganze pubertäre Elend meiner dreizehn oder vierzehn Jahre, blass, großnasig und verwachsen. Auf dem Bett liegt das karierte Plaid, das früher auf dem Sofa lag. Ich rieche am Kopfkissen, es riecht nach kaltem Tabak. Der Bezug ist speckig. Im Kleiderschrank hängt der dicke Mantel meiner Großmutter, einige Pullover, Hemden. In einem Pappkarton stapeln sich Socken und Unterwäsche.

Als mich Pjotr vorhin umarmt hat, habe ich an seine warme, trockene Haut gedacht. Es war kein erregender Gedanke, sondern einer, der mir Zuversicht versprach wie eine warme Suppe oder ein Mittagsschlaf. Seine Arme sind sehnig, muskulös, kräftig. Wenn ich meinen Arm an seinem reiben würde, hätten wir vielleicht dieselbe Körpertemperatur. Wenn sich unser Blut mischen würde, müsste man vielleicht ein neues Rot erfinden. Ein dunkles Rot, ein altes, sämiges Rot. Zwischen meinen Augen ein stechender Schmerz, der sich über die vordere Schädeldecke ausbreitet. Wütende Zuckungen hinunter bis zum Nacken.

Zu Hause in Berlin liegt noch ein Stapel unkorrigierter Hefte. Ich dachte, ich werde fertig vor meiner Abreise. Für gewöhnlich erledige ich meine Arbeit vor dem Urlaub. Das hier ist kein Urlaub. Das hier ist eine langsame Verschiebung. Ich muss Mira anrufen. Ich muss mit jemandem sprechen. Mein Vater taugt nicht als Zeuge dieser Verschiebung. Er schickt manchmal Fotos aus Neuseeland. Fotos seiner kleinen neuseeländischen Familie. Seine Frau ist so alt wie ich und heißt Rosa. Meine Mutter taugt auch nicht als Zeugin. Jedenfalls gibt sie vor, nichts bezeugen zu können. Ich würde das gern überprüfen. Manchmal denke ich, sie versteckt sich hinter ihrem Wahnsinn, als sei es besser, wahnsinnig zu sein, als einfach nur zu sein. Sie fühlt sich frei, sagt sie. Sie hat kein Ziel. Wenn man kein Ziel hat, ist man frei, sagt sie. Ich muss hinter das Haus gehen, dort ist der Empfang besser. Ich nehme den Mantel meiner Großmutter, schwer liegt er auf den Schultern. Ich schließe die Tür auf, trete hinaus. Es ist so kalt, dass die Nasenflügel beim Einatmen an der Scheidewand festfrieren. Bei Mira ist besetzt. Vielleicht ist das Netz überlastet. Es ist dunkel, und ich kann nur die Umrisse der Bäume erkennen. Tänzerinnen auf der Bühne des Bolschoitheaters. Jetzt ist frei. Mira?

Ja. Mascha. Endlich. Bist du immer noch da, wo du warst?

Ja, sage ich. Miras Stimme klingt vertraut und kommt aus meiner Vergangenheit. Ich bin in Russland. Es tut mir leid, dass ich dir nichts gesagt habe. Ich muss das Haus meiner Großmutter verkaufen.

Ich wusste nicht, dass deine Großmutter ein Haus hat. Ich wusste nicht einmal, dass du eine Großmutter hast. Jeder hat natürlich eine Großmutter, aber ich wusste nichts von deiner.

Mira ist wie immer sorgfältig und kompliziert. Gleich holt sie ihren Stift raus, damit sie mitschreiben kann.

Warte, Mascha, ich hole mir etwas zu schreiben, damit ich mir notieren kann, wo du genau bist. Wie der Ort heißt.

Mira, das ist jetzt egal, sage ich, aber sie ist schon weg. Ich höre ihre Schritte auf den abgezogenen Dielen. Sie ist bestimmt in ihrem Schlafzimmer. Sie arbeitet, isst und schläft in ihrem Schlafzimmer.

Also, wie heißt der Ort?

Bykovo.

Wie?

Bykovo, sage ich langsam. Das ist in der Nähe von Moskau.

Gut, ich werde im Internet nachsehen. Das ist ja der Wahnsinn. Da fährst du einfach so nach Russland.

Es ging alles sehr schnell.

Und wie geht es dir? Bist du allein?

Ja, jetzt bin ich allein. Pjotr ist schon weg.

Wer ist Pjotr?

Pjotr ist ein Freund, sage ich. Ach, ich weiß nicht, wer Pjotr ist.

Ein alter Freund von dir?

Nein, von meiner Großmutter. Oder auch von mir. Mira, ich weiß es nicht. Ich bin so durcheinander. Es ist saukalt, und ich bin mit den Heften nicht fertig geworden. Außerdem habe ich die falschen Klamotten dabei. Matwej will das Haus kaufen, aber ich weiß gerade nicht, ob ich es überhaupt verkaufen will. Verstehst du? Irgendwie ist es auch ganz schön hier.

Mascha, ganz langsam. Wer ist Matwej? Ist das auch ein Freund?

Das ist ein Freund von Pjotr. Wenn ich das Haus verkaufe, dann habe ich sogar etwas Geld. Wer hätte das gedacht?

Wann kommst du zurück, Mascha?

Ich weiß es nicht. Eigentlich wollte ich sofort zurückfliegen. Aber es gibt ja noch einiges zu erledigen. Verstehst du, ich kann nicht einfach zurückfliegen. Ich war doch schon so lange weg, sage ich und spüre kalte Tränen aufsteigen.

Mascha, alles gut. Geh jetzt in dein Hotel und ruf mich morgen früh an. Bis neun bin ich zu Hause, dann habe ich Training. Mascha, weinst du etwa?

Nein.

Alles klingt doch ganz vernünftig. Du hast offensichtlich ein Haus geerbt, und es gibt diesen Matwej, der es kaufen will. Du verkaufst es und kommst schnell wieder nach Hause. Hier ist es übrigens auch kalt. Was kann ich tun, Mascha? Soll ich versuchen, einen Anwalt aufzutreiben? Hast du Internet? Ich suche eine Billigvorwahl heraus. Ich rufe dich gleich zurück. Das ist sonst viel zu teuer. Mach ein Foto! Also, bis gleich, sagt Mira und legt auf.

Wo ist eigentlich mein Wolf? Wenn ich jetzt so viel Geld bekomme, muss ich bestimmt zu einer anderen Bank. Ich brauche dann wohl einen Finanzberater. Er kann mir bestimmt etwas über Altersvorsorge erzählen. Wenn ich für meine Mutter eine neue Klinik suche, dann ist das Geld bald weg. Schneller, als ich alt bin. Oder ich ziehe doch mit meiner Mutter hierher. Mutter, Pjotr und ich. Mein Telefon klingelt.

Ja?

Also, Mascha, schreib die Vorwahl auf. Null zehn dreißig. Oder null zehn vierundfünfzig. Oder null zehn vierundziebzig. Hast du auch Festnetz? Morgen rufe ich Klaus an, der kennt sich aus mit Auslandsimmobilien. Den kennst du, der war mal bei einer Besichtigung dabei. Die Wohnung in der Eisenacher Straße. Weißt du?

Nein.

Die im Hinterhaus. Du hast noch gesagt, dass du mich da nicht besuchen kommst, weil es so düster ist. Hast du die Nummer aufgeschrieben?

Ja.

Am Zaun neben dem alten Schuppen sehe ich eine Gestalt. Es ist ein Mann, er steht mit dem Rücken zu mir. Er steht einfach nur da, als warte er, bis ich fertig telefoniert habe. Ein höflicher Mörder. Langsam gehe ich zurück zur Tür, dicht an die Hauswand gedrückt. Ich versuche, keine Geräusche zu machen. Vielleicht kann ich unbemerkt ins Haus gelangen und schnell abschließen. Neben dem Ofen steht ein Beil. Damit kann ich dem Eindringling den Kopf abschlagen. Der Körper kommt in die Erde, zur Pilzfamilie bei meiner Schaukel. Nährender Boden für die Pilze im Herbst. Den Kopf werde ich neben der Regentonne vergraben, dort, wo auch mein ertrunkenes Kaninchen liegt. Vielleicht vereinigt sich der Mörderkopf mit dem Kaninchenkörper. Das wird eine Sensation hier in Bykovo.

Mascha, ruft Mira dumpf.

Ich muss wieder rein, sage ich, ich melde mich morgen. Ich lege auf, und die Gestalt am Gartentor dreht sich um.

Mascha, höre ich Pjotrs Stimme. Entschuldige, ich wollte dich nicht erschrecken, ich habe meine Zigaretten vergessen.

Komm rein. Im Geiste warst du schon geköpft. Ich öffne die Verandatür und sehe, dass neben dem Ofen kein Beil steht. Ich wäre also verloren gewesen.

Pjotr klopft sich die Stiefel ab und tritt in die Küche. Er lässt sich auf einen Stuhl sinken.

Hier, deine Zigaretten, sage ich. Aber es sind nicht mehr so viele.

Danke, sagt er tonlos, nimmt die Schachtel und zählt die Zigaretten. Es sieht nicht so aus, als würde er gleich wieder gehen wollen.

Ist alles in Ordnung mit dir, frage ich.

Da sitze ich wie ein alter Mann und klage. Dabei ist alles gut. Das Haus ist fast verkauft, und ich habe dich wiedergesehen. Ich habe oft an dich gedacht. Was du tust. Was du arbeitest. Wie du aussiehst. Wie du sprichst. Ich habe auf dich gewartet.

Warum warst du dann gestern nicht da, als ich kam?

Ich weiß nicht, ich war aufgeregt. Du bist erwachsen. Du bist jetzt so alt wie ich damals, als ihr gefahren seid. Ich dachte, morgen bist du vielleicht wieder weg, und ich habe nichts von dir erfahren. Vielleicht sehen wir uns nicht mehr wieder. Mit gebeugtem Rücken sitzt er da und sieht mich nicht an.

Du hättest alles über mich erfahren können, wenn du gefragt hättest.

Pjotr schüttelt den Kopf. Telefonieren war zu gefährlich. Tamaras Arbeit war zu wichtig.

Soweit ich mich erinnere, musste sie das Institut bald nach unserer Ausreise verlassen, oder? Das war vor fast dreißig Jahren. Genügend Zeit, um sich mal zu erkundigen.

Ich habe gearbeitet, Mascha. Es war immer so viel zu tun. Ich habe geschickte Hände, ich kann alle Arbeiten machen, egal wie schwer. In Bykovo kenne ich jeden. Ich weiß, wer mit wem. Und warum. Wenn man mir gesagt hat, das Dach ist undicht, habe ich das Dach repariert. Wenn man mir gesagt hat, das Haus braucht einen Anstrich, habe ich das Haus gestrichen. Wenn man mir gesagt hat, bring mir ein Huhn für die Suppe, war auch das kein Problem. Ich dachte, später werde ich Kinder haben und eine Frau. Eine Frau wie diese italienische Schauspielerin. Die Loren. Da gibt es doch diesen Film, ich habe vergessen, wie der heißt. Eine Mutter für meine Kinder und eine Frau, die abends zu mir sagt, wir haben auf dich gewartet. Als ich in dieses Haus kam, dachte ich, ich repariere das Dach, ich repariere den Schuppen, ich hacke Holz, und dann ziehe ich weiter, verstehst du? Aber da war kein Weiterziehen.

Warum?

Ich weiß es nicht. Ich war jung, und Tamara war schön. Die rauen Hände, ihre Klugheit.

Die kleine Narbe über seinem Augenlid zittert wie ein Wurm. Mit Hängeauge hat er mir besser gefallen. Und was ist mit der Loren?

Die Loren wäre mit dem Klima hier nicht zurechtgekommen. In Italien scheint die Sonne – und hier? Du siehst es ja selbst. Ihr wart meine Familie, Mascha. Du und Tamara.

Aber zuerst gab es Tamara und Lina. Als du in dieses Haus kamst, da gab es Tamara und meine Mutter. Ich kam doch erst viel später. Mein Mitleid ist plötzlich verflogen. Er verschweigt einen Teil der Geschichte. Er hat den bequemen Teil erzählt, und den Rest will er weglassen.

Ich bin jetzt müde, sagt er. Wir müssen morgen beide einen klaren Kopf haben, sonst zieht uns Matwej über den Tisch. Es gibt auch noch eine Menge Papierkram zu erledigen.

Pjotr will aufstehen, aber ich nehme seine Hand und ziehe ihn zurück auf den Stuhl. Wir sind beide überrascht.

Was ist mit Mama? Warum taucht Lina in deiner rührseligen Geschichte nicht auf?

Ich hatte nicht vor, dich zu rühren. Ich habe dir einfach erzählt, wie es war. Das bin ich dir schuldig.

Aber du hast mich mit deiner Geschichte gerührt, sage ich laut. Du hast nur einen Teil ausgespart. Wenn du sagst, du bist mir etwas schuldig, was mir bis jetzt nicht klar war, dann, dass du mir auch den Rest erzählst.

Was tue ich hier, denke ich. Er soll gehen. Ich will nichts hören. Mein Herz pocht laut. So laut, dass er es hören muss. Dummes Herz. Hört meine Mutter Stimmen, habe ich die Ärztin gefragt. Das kann ich Ihnen nicht sagen. Vielleicht hört sie Stimmen, vielleicht hat sie Freunde, mit denen sie spricht, die wir aber nicht sehen können. Vielleicht wird sie verfolgt. Meine Mutter hatte schon immer eine eigene Welt, in die ich nicht hineindurfte. Wann immer sie wollte, holte sie den großen, klappernden Schlüsselbund heraus, schloss die Tür hinter sich ab und verschwand. Ich konnte so laut klopfen, wie ich wollte, die Tür blieb verschlossen. Lass deine Mutter in Ruhe, sagte mein Vater. Sie ist, wie sie ist. Sie wird nie so sein, wie du sie haben willst. Er hat sie in Ruhe gelassen. Es ist einfach, jemanden in Ruhe zu lassen. Warum ist sie, wie sie ist? Das musst du deine Großmutter fragen. Ich habe euch den Weg in die Freiheit gezeigt, um den Rest kann ich mich nicht kümmern. Ihr seid jetzt im Westen, deine Mutter und du. Damals habe ich gedacht, was interessiert mich der Westen. Wenn der Westen immer so ist, dann will ich zurück nach Bykovo. In Bykovo hatten wir ein Haus mit einem großen Garten. Im Garten ein Teich. Ich hatte ein schönes Zimmer und einen Freund auf dem Dachboden. Es gab Opa Lenin, der über uns wachte. Hier im Westen gibt es nur die hupende Sprache, die ich nicht verstehe. Ich muss allein mit dem Bus in die Schule fahren und abends im Bett deutsche Wörter lernen.

Lina war ein hübsches Mädchen, sagt Pjotr. Auch clever. Alle Jungs hier waren hinter ihr her. Sie hat kaum was ausgelassen, Spaß haben konnte sie. Es ist ein Jammer, dass sie so früh schwanger geworden ist. Sie hätte was aus sich machen sollen. Eine Ausbildung, ein Studium. Sie war Tamaras Tochter, nicht meine. Ich wollte mich nicht einmischen. Wir hatten sie nicht im Griff. Sie hatte sich selbst nicht im Griff.

Im Griff, sage ich.

Ist gut, denke ich. Geh nach Hause. Morgen ist es vorbei. Ein Ausflug. Ihr habt alle recht. Ich habe schon genug erfahren. Ich kann da weitermachen, wo ich aufgehört habe. Manchmal will ich so sehr die Wahrheit wissen, dass ich mich mit einer Lüge begnüge, wenn sie nur als Erklärung taugt für all das, was ich erinnere und fühle. Jede Wahrheit muss erst einmal passend gemacht werden. Als mein Vater nach Neuseeland ausgewandert ist, dachte ich, er sucht Arbeit und holt uns nach. Lasst mich Arbeit finden und ein schönes Haus für uns, sagte er. Dann hole ich euch. Das habe ich geglaubt, in manchen Momenten sogar gefürchtet. Eines Tages sagte meine Mutter, dein Vater lebt dort mit einer anderen Frau und wird uns nie holen. Damals war ich das erste Mal verliebt. In Alexander Schwarz, der ein wenig Fußgeruch hatte und nicht in die Sonne durfte. Mir war nicht nach Wahrheit.

Du erzählst nichts über meine Mutter, beharre ich. Als du in dieses Haus kamst, gab es Tamara und meine Mutter.

Ja. Und? Deine Mutter war sehr schön und nicht einfach. Sie ließ sich von mir nichts sagen. Sie ließ sich von niemandem etwas sagen. Es gibt Wein. Möchtest du ein

Glas Wein, fragt Pjotr. Er wartet nicht auf meine Antwort, zieht seine Jacke aus und geht ins Bad. Ich höre die Toilettenspülung, dann Wasser laufen. Die Tür und seine Schritte im Flur. Einen Augenblick Ruhe, ein leises Fluchen. Er kommt in die Küche und legt ein Foto auf den Tisch. Ich sehe meine Großmutter, ihren Arm um die Schultern ihrer Tochter. Meine Mutter hält sich den dicken Bauch und lächelt verlegen. Dieses Lächeln kenne ich nicht. Meine Mutter hat nie verlegen gelächelt. Auch Tamara lächelt unsicher.

Das war kurz vor deiner Geburt. Sie stand plötzlich vor der Tür und sagte, sie könne deinen Vater nicht mehr ertragen und wolle in Bykovo bleiben.

Pjotr schenkt Rotwein ein und trinkt, ohne auf mich zu warten. Mit einigen großen Schlucken leert er sein Glas und schenkt sich gleich wieder nach. Auf deine Mutter, sagt er und hält das Glas hoch. Der Wein schmeckt süß.

Aber sie ist nicht hiergeblieben, sage ich.

Natürlich nicht. Was soll das heißen, du kannst ihn nicht mehr ertragen, sagte Tamara. Du hast dir das eingebrockt und jetzt lebe damit, du hast einen Mann, der muss sich kümmern. Sie haben furchtbar gestritten.

Sie war doch ihre Tochter. Sie war doch in Not, sage ich. Jetzt erinnere ich mich, wie meine Mutter eines Abends völlig durchgefroren in der Tür stand. Meine Großmutter war noch nicht aus Moskau zurück, und Pjotr und ich saßen beim Abendessen. Pjotr hatte mir gerade wieder eine seiner Gruselgeschichten erzählt und verstummte jetzt. Mama setzte sich zu uns. Er gab ihr einen Teller und eine Tasse Tee. Schweigend saßen wir am Tisch. Mit einem Mal brach meine Mutter in schallendes Lachen aus. Zunächst waren Pjotr und ich irritiert, ließen uns aber von ihr anstecken und lachten, ohne zu wissen, warum. Ich hielt mir den Bauch, und als das Lachen verebbte, sah ich, wie meine Mutter mit Appetit in ihr Brot biss und Pjotr sie dabei lächelnd beobachtete. Beiläufig nahm er ihre Hand und hielt sie fest. Plötzlich stand die Große Tamara laut atmend mit Einkaufstaschen in der Tür, und er ließ Mamas Hand so unvermittelt los, dass sie leblos neben ihrem Körper baumelte. Ich wurde ins Bett geschickt, und am nächsten Morgen war meine Mutter weg.

Deine Mutter war immer in Not, sagt Pjotr. Sie konnte nicht wie ein normaler Mensch leben. Sie musste aus allem ein Drama machen. In Moskau waren wir mal im Theater, erinnerst du dich? Dort hätte sie hingehen sollen. Was sie Tamara alles vorgeworfen hat. Sie habe ihren Vater, deinen Großvater, schlecht behandelt. Sie habe Stalin verehrt. Sie habe …

Ich höre nicht mehr, was Pjotr sagt. Ich will meine eigene Wahrheit. Ich sehe mich, wie ich hier sitze und mich am Tischbein festhalte, regungslos, idiotisch zur Tür starrend. Ich bin das, was meine Erinnerung ist. Erinnerung, die hier im Holz, auf dem Dachboden und in den Bäumen lebt. In Pjotr, der jetzt auch meine Hand nehmen könnte, bis Tamara von der Arbeit kommt. Erschöpft. Strafend. Da ist wieder seine warme, trockene Haut. Meine Hand in seiner Hand, und Tamara setzt sich und sieht weg. Zur Seite. Sie denkt an ihre Tochter. Sie fragt sich, ob sie es hätte verhindern können. Ob sie vielleicht selbst schuld ist an allem. Sie fragt sich, was genau sie hätte anders machen sollen. Ob sie den Keim für die Krankheit ihrer Tochter gelegt hat. Ob sie eine gute Abteilungsleiterin war. Ob sie der sowjetischen Raumfahrt wirklich gedient hat oder ob sie einfach nur ihre Privilegien genossen hat. Sie fragt sich, ob Stalin tatsächlich solch ein Verbrecher war oder ob es sich hierbei nicht um eine maßlose Übertreibung handelt. Ich erinnere mich, wie ich manchmal geschwärmt habe von der Seelenlandschaft des Ostens und vom wärmenden Sozialismus. Von Liedern, die ich nicht singen konnte, begleitet auf der Gitarre von bärtigen Russen. Von einem Leben im Osten, das ich nicht gelebt habe. Einem Leben, von dem mir meine Mutter erzählte, nach dem sie sich zurücksehnte und nach dem ich mich ebenfalls sehnen sollte. Du darfst nicht so deutsch werden, sagte meine Mutter. Jetzt bin ich deutsch geworden. Hier in Bykovo fühle ich mich sehr deutsch. In Deutschland bin ich die mit dem fremden Namen. In der Klinik ist meine Mutter die, die kaum Deutsch kann und mit den Bäumen spricht, die Briefe an ihre Mutter schreibt und an ihren Mann in Neuseeland. Sie schreibt, dass es eigentlich nichts zu schreiben gibt, aber dass sie trotzdem schreibt, weil sie noch einige Jahre zu leben hat. Ich wünschte, sie würde einfach verschwinden. Manchmal sitze ich nach einem Besuch bei ihr in der Bahn und spüre, wie meine Organe brennen. Ich drücke mir mit dem Fingernagel Sichelmonde in die Hände und stelle mir vor, dass sie einfach geht, dass ich nie wieder in die Klinik fahren muss. Ihre Mutter ist verschwunden. Du hast keine Ahnung, Pjotr. Drama, sagst du. Du hast die Hand meiner Mutter genommen. Damals. Ich saß hier, wo ich jetzt sitze, und habe gesehen, wie du die Hand meiner Mutter nahmst, wie etwas, das dir gehört. Ich kann mir vorstellen, dass du die Hand fest gedrückt hast. Vielleicht so fest, dass es ihr wehtat. Aber sie hat ihre Hand nicht weggezogen. Sie hätte ihre Hand auch nicht weggezogen, als die Große Tamara in der Tür stand. Sie hat darauf gewartet, dass die Große Tamara in der Tür steht. Du hast ihre Hand losgelassen, als wäre es nicht deine Hand gewesen, die die ihre gehalten hat. Du hast deine Hand fragend angesehen. Du hast dich gefragt, ob diese Hand wirklich zu dir gehört. Das hat Tamara gereicht. Dein fragender Blick hat Tamara gereicht. Sie hat ihrer Tochter auf dem Sofa ein Bett hergerichtet und konnte dann mit dir, Pjotr, nebenan liegen. Dann schickte sie ihre Tochter mit der ersten Bahn nach Hause. Ich weiß nichts von dir, Pjotr. Genauso wenig wie von meinem Vater. Wenn ich morgen wieder abreise, habe ich nichts gesehen von Bykovo. Ich sollte noch einige Tage in Moskau bleiben. Vielleicht zum Institut für Medizinisch-Biologische Probleme fahren und dort fragen, ob sich noch jemand an die Große Tamara erinnert, die eifrige

Forscherin. Das kanadische Pärchen treffen und den Dicken aus dem Flugzeug. Sushi essen und Cocktails trinken. Mit Matwej durch die Nacht tanzen und in der Moskwa baden. Schmutzigen Schnee, Mama, habe ich gesehen. Viele Autos, die genauso aussehen wie in Deutschland. Vielleicht ein wenig größer. Kleine Stände mit Gemüse von der Datscha, bunte Köpfe und dein Kino. Ich sollte mich mit klebrigen Zuckerhähnen eindecken und sie in der Klasse verteilen. Du weißt wirklich nichts von mir, Pjotr. Berlin durchschleiche ich fast unsichtbar. Manchmal färbe ich mir die Haare, und im Ausverkauf kaufe ich mir jedes Jahr ein Kleid oder eine enge Hose, die ich nicht anziehe. Ich habe einen ganzen Kleiderschrank voller Sachen, an denen noch die Preisschilder hängen. Vieles, was ich mir vorgenommen habe, habe ich nicht geschafft, und mir ist völlig klar, dass ich meine Ziele nicht erreichen werde, obwohl sie eigentlich nicht zu hoch gesteckt sind. Unangenehme Gedanken. Wenn ich zu meiner Mutter ins Bett gekrochen bin, konnte ich ihre ruhigen Atemzüge spüren. Meinen Wecker habe ich unter den dicken Kissen vergraben, damit sie morgens nicht wach wurde. Ich bekomme Ausschlag von deinem Wecker, sagte sie. Mit weit offenen Augen und stillem, ganz wachem Gesicht lag ich neben ihr und malte mir aus, wie ich am nächsten Tag in die Schule gehen würde: mit der richtigen Jeans und in fehlerfreiem Deutsch plaudernd, inmitten einer Schar von Freundinnen. Warum zeigst du mir dieses Foto, Pjotr? Ein inniger Moment zwischen

Mutter und Tochter. Du willst Tamara schützen. Ich beginne zu begreifen, Pjotr. Sie hat euch gestört. Tamara und dich. Mit ihrem dicken Bauch. In ihrer Verzweiflung. Wenn ich mittwochs und samstags in Moskau war, sagte meine Mutter: Ich will, dass du bei mir bist, aber sie sagen, ich kann mich nicht richtig kümmern – was denkst du? Ich frage Großmutter, Mama.

Jetzt könnte ich Pjotr fragen. Ich könnte ihn fragen, warum Tamara ihrer Tochter das Kind weggenommen hat. Ja, sie hat einmal den Kinderwagen vergessen. Das kann passieren. Hast du damals schon ihre Hand genommen und gehalten, Pjotr? Wäre ich älter gewesen, hätte ich vielleicht gedacht, du willst sie beschützen oder du liebst sie, oder dir gefällt es, heimlich ihre Hand zu halten. Es gefällt dir so sehr, dass du sie nicht aus den Augen lässt. Wäre ich älter gewesen und hätte einen größeren Wortschatz gehabt, hätte ich dir etwas sagen wollen und trotzdem geschwiegen und zugesehen und mich gewundert. Weiterziehen wolltest du, und sie hat dich nicht gelassen. Tag für Tag saß die Loren hier bei uns in Bykovo. Sandaletten und ein Hauch von Kleid am Körper. Rote Lippen. Nur für dich, Pjotr. Die weite Reise nur für dich. Aber Tamara hat dich nicht gelassen.

Es wird kalt in der Küche. Pjotr fängt meinen Blick auf und legt Holz nach. Er nimmt einen Lappen, holt unter der Spüle ein Reinigungsmittel hervor und beginnt die Anrichte zu wischen. Es riecht plötzlich penetrant nach Sonntag. Der Geruch passt zu Pjotrs

Miene. Es muss schon spät sein, meine Augen brennen. Er wird nicht gehen heute Nacht.

Jetzt könnte ich Pjotr fragen. Ich könnte ihn fragen, ob es etwas gibt, das ich nicht weiß. Ob ich etwas nicht mitbekommen habe? Es ist gleich halb drei. Es ist zu spät, solche Fragen zu stellen. Solche Fragen muss man am Tag stellen. Wenn man in der Lage ist abzuschätzen, ob es gut ist, solche Fragen zu stellen. Ob man es besser lassen sollte, solche Fragen zu stellen, weil die Antwort das bisherige Dasein möglicherweise so ungeheuerlich werden lässt wie der Tod eines Menschen. Es könnte sein, dass die Antwort das Heben meines Fingers oder den Weg zum Bahnhof unmöglich macht. Es könnte sein, dass ich mich dazu verhalten müsste.

Entschuldige, sage ich und gehe ins Bad. So kann ich also auch aussehen. Das ist das Gesicht, das mir später einmal zusteht. Automatisch ziehe ich die Mundwinkel nach oben, als würde ich fotografiert. Seltsam, du siehst weder deinem Vater noch deiner Mutter ähnlich. Dein Vater ist groß und brünett, ein mitteleuropäischer Typ. Welches Gesicht sehe ich, wenn ich mich zufällig in einem Schaufenster spiegele, wenn mir die Überraschung keine Zeit lässt, meine Züge zu ordnen? Hinter mir steht meine Großmutter. Sie legt mir ihre kalte Hand auf die Schulter. Ich kann ihren Blick nicht deuten. Ihr Brustkorb hebt sich, als wolle sie etwas sagen, sie öffnet den Mund, um zu sprechen, aber es kommen keine Laute. Großmutter, beruhige dich. Du musst mir nichts sagen, vielleicht will ich es gar nicht hören. Es ist schön, dich zu sehen. Du siehst gut aus. Es steht dir, tot zu sein. Hat was von der graziösen Trägheit, von der du immer gesprochen hast. Habe ich mir alles gemerkt. Habe immer alles aufgesogen, was du gesagt hast. Habe dich mein ganzes Leben lang zitiert: Meine Großmutter hat immer gesagt … Aufrecht bist du gegangen, mit Würde. Nicht einmal in der Liebe hast du die Würde vergessen. Eine leichte Krümmung im Rücken hätte dir gutgetan. Du hast wenig Fleisch angesetzt, hast kaum Zeit sitzend verbracht. Jung sein. Jung sein. Du hättest dir das Beten nicht abgewöhnen sollen. Zwischendurch ausruhen. Eine Falte züchten. Blutleer hockt er in deiner Küche, dein Pjotr. Ausgesaugt von dir. In deiner Tochter fließt noch langsam Blut. Du hast dein eigenes Kind gegen das Kind deines eigenen Kindes eingetauscht. Sie hätten mich hier in Russland lassen müssen, dann wäre dein Plan aufgegangen. Wir hätten hier weiter als Familie gelebt. Du als meine Mutter, Pjotr als mein Vater. Ich war kein schwieriges Kind. Einen Tag bevor ich hierherkam, habe ich deine Tochter angerufen. Sie sagte, gib deiner Großmutter einen Kuss von mir. Von Pjotr kein Wort. Schau mich nicht so strafend an. Du drehst dich weg, nimmst deine Hand von meiner Schulter. Musst du nicht. Du kühlst meinen heißen Kopf. Jetzt machst du dich wieder auf den Weg, vorbei an den kläffenden Hunden. Ich muss wieder in die Küche zum unrasierten Mann. Ich halte meine Hände unter den Wasserhahn. Das tut gut. Das Gesicht befeuchten und das Blut beruhigen. Es ist mir peinlich, die Arbeiten noch nicht korrigiert zu haben. Ich kann nicht von den Schülern Disziplin erwarten und selber so schlampig sein. Ich hoffe, sie haben gelernt. Es war einfach. Es war wieder eine einfache Arbeit. Verdauung, Nahrungskette. Nichts zum Denken. Ich will die Kleinen unterrichten. Nach meinem mündlichen Examen hat mich ein Prüfer, den Namen habe ich vergessen, gefragt, warum ich Lehrerin werden möchte. Ich kann gut mit Kindern, habe ich gesagt. Ich hätte gern noch einen Kaffee aus dem Automaten mit ihm getrunken, aber er ist im Waschraum verschwunden und nicht wieder aufgetaucht. Wenn ich zurück nach Hause komme, ist mein Bett frisch bezogen. Die Küche habe ich geputzt, das Bad gewischt. Es gibt nichts Schlimmeres, als in eine unaufgeräumte Wohnung zurückzukehren und am nächsten Morgen keine Milch zu haben. Morgen früh werde ich Mira anrufen. Sie soll mich abholen. Es gibt vieles zu erledigen. Mein Nacken ist ganz nass geworden. Ich nehme das Handtuch. Es ist feucht, Pjotr hat es benutzt. Jetzt tief durchatmen. Pjotr steht mit gesenktem Kopf am Fenster und raucht. Neben ihm sitzt mein Wolf. Er läuft auf mich zu und drückt sich gegen meine Beine, schnüffelt an meinem Schritt.

Lass das, sagt Pjotr. Er hat draußen so gejault, da habe ich ihn reingelassen.

Wir kennen uns, sage ich. Pjotr reagiert nicht. Er reibt sich die Augen und winkt den Wolf zu sich. Der gehorcht sofort und legt sich zu seinen Füßen.

Es ist spät, sage ich mit einem Blick zur Standuhr. Gleich drei.

Pjotr dreht langsam den Kopf und nickt. Er stellt sein Glas auf die Fensterbank. Gleich kommt er schwer auf mich zu, Fußabdrücke auf dem Boden hinterlassend. Auf der Fensterscheibe sitzt eine Fliege. Ein schwarzer Punkt auf der glatten Fläche, in der sich Lichter spiegeln. Pjotr hebt beide Hände. Die Fingergelenke zeichnen sich schwarz ab, unlösliche Verkrustungen aus Schmieröl. Arbeiterhände. Raucherhände. Diese Hände umfassen mein Gesicht, ich schmiege meine Wangen an sie. Wir verharren reglos. Ich schließe die Augen und sehe meine Großmutter um uns herumschleichen. Sein Atem nah an meinem Ohr. Süßer Wein, Zigaretten. Es ist ganz still, bis auf das Knistern der Fliege, die sich in verzweifelter Wut gegen das Fenster wirft. Plötzlich verharrt sie, kostet die Agonie aus, krabbelt dann in schnurgerader Linie weiter. Der Wolf liegt auf dem Boden, die Schnauze zwischen den Pfoten vergraben, und sieht mich an. Er beobachtet die umschlungenen Körper, braucht eine Weile, bis er die Personen erkennt. Er sieht das gerötete Gesicht des Mannes und kleine Schweißtropfen in seinen dunklen, krausen Haaren, auch auf der Oberlippe zwischen ebenso dunklen Bartstoppeln. Der Wolf hört das Keuchen des Mannes, das tiefe und doch zarte Atmen der Frau, und wenn er die Frau nicht lächeln sehen würde, müsste er eingreifen in den Kampf. Er sieht, wie die behaarte Hand des Mannes den dünnen Stoff des Kleides entlangfährt und nach einem Eingang sucht, wie sie ungeduldig zittert und das Fleisch der jungen Frau knetet. Er sieht die weiße, kleine Hand der Frau, die in der Hose des Mannes verschwindet. Er hört ein leises Fluchen. Er sieht die Hand wandern unter dem hochgezogenen Kleid der Frau und oberhalb des Strumpfes ein Stück weiße Haut. Die Strümpfe der Frau sind nussfarben und reichen bis zur Mitte des Oberschenkels. Es gibt eine Laufmasche, die sich bis zum Knöchel hinunterzieht. Die zweite Hand schiebt sich in das Dekolleté der Frau, dabei reißt ein Knopf ab und fällt zu Boden. Der Wolf müsste aufstehen, um den Knopf zu beschnüffeln. Er sieht die weiße Brust der jungen Frau. Festes Fleisch. Helle Brustwarzen. Der Mann küsst den Hals der Frau und holt eine Brust ganz heraus aus der Enge des Kleides. Die Frau schlingt ein Bein um die Hüfte des Mannes, und sofort schnellt die Hand unter dem Kleid hervor, um das angewinkelte Bein zu umfassen und an sich zu drücken. Die Hose des Mannes ist heruntergerutscht, die Hand der Frau zerrt an der Unterhose und entblößt das geschwollene Glied. Die beiden fallen zu Boden, dabei stößt sich die junge Frau am Küchentisch. Sie lacht, sie will etwas sagen, aber der Mann hält ihr den Mund zu. Der Wolf hört ihre gepressten Laute und sieht, wie das Hin und Her der Hinterbacken des Mannes immer schneller wird. Jetzt lacht die Frau nicht mehr, sie dreht den Kopf zur Seite, und er sieht ihre glasigen Augen. Augen, wie er sie bei ausgenommenen Fischen beim Angeln gesehen hat. Heraustretende geleeartige Flüssigkeit. Der Mann rollt sich zur Seite, zieht sich noch im Liegen die Hose wieder hoch und sieht in das verdutzte nasse Gesicht der Frau. Mit einer Hand will sie ihre Scham verdecken, und mit der anderen Hand streicht sie sich schnell über die Wangen. Sie versucht, wieder zu lachen, der Situation eine komische Wendung zu geben, aber dem Mann ist nicht nach Lachen zumute, er befiehlt ihr, aufzustehen und sich schnell anzuziehen. Sie soll ihr Gesicht waschen. Sie soll ihm versprechen, dass niemand davon erfährt. Er habe es nicht gewollt, sagt er und will aus der Tür gehen, setzt sich aber wieder an den Küchentisch. Er habe es nicht gewollt, wiederholt er. Die junge Frau wischt sich mit einer Serviette, die vom Mittagessen übrig geblieben ist, die Scham und legt die Serviette in ihre Unterhose, damit das herausfließende Sperma aufgefangen wird. Sie nickt, aber ihre Augen sind noch immer glasig. Sie zieht sich an und glättet mit der flachen Hand ihr zerzaustes Haar. Sie stellt sich neben den Mann und legt eine Hand auf seinen Kopf. Der Mann schüttelt die Hand ab und geht nach draußen. Auf die Veranda. Es ist ungewöhnlich heiß für diese Jahreszeit.

Warum hast du mir nichts erzählt, werde ich meine Mutter fragen. Du weißt nicht, wie es ist, wenn der Kopf ununterbrochen hungrig ist, wird sie antworten. Warum hast du mir nichts gesagt, Mama? Was hätte es denn gebracht, Lügen auszusprechen? Tamara wollte Pjotr, und er hat sie geliebt. Wenn die Lina mit jedem vögeln muss. Sprich nicht so von dir, Mama. Du wolltest deiner Mutter, der Großen Tamara, etwas wegnehmen. Endlich konntest du ihr etwas wegnehmen. Endlich konntest du ihr beweisen, dass du – ja, was, Mama? Er hat dir auch gefallen. Er hat dich angemacht. Aber sie hat dich überlistet. Wenn ich an dein Leben denke, Mama, wenn ich daran denke, was du mir erzählt und was du mir verschwiegen hast, Mama, dann möchte ich zuschlagen, mit dem Saum deines Kleides dir den Schaum von den teilnahmslosen Lippen wischen und erneut zuschlagen, dir das Blut aus den Mundwinkeln lecken und wieder zuschlagen, so lange, bis du leblos am Boden liegst. Armer Mensch, Mama.

Es könnte sein, dass ich Pjotr fragen muss, ob er sich schämt. Es könnte sein, dass ich ihn umarmen muss, wie eine Tochter ihren Vater umarmt. Es könnte sein, dass mir übel wird vor lauter Aufklärungsrausch. Dass ich keine Nähe wünsche. Ich habe über die Beschaffenheit seiner Haut nachgedacht. Ich habe darüber nachgedacht, wie es wäre, meinen Arm an seinem zu reiben. Ich habe über seinen Geruch nachgedacht, und ich habe ihn betrachtet. Meinen Vater habe ich nie betrachtet, und ich habe nie über die Beschaffenheit seiner Haut nachgedacht. Es könnte sein, dass ich heute noch das Haus verlassen muss, wieder durch den dunklen Wald. Ohne meinen Wolf, weil der ja hier bei Pjotr bliebe. Ich würde in der Kälte auf dem Bahnsteig auf den ersten Zug warten. Ich würde Mira anrufen und ihr sagen, dass mein Vater gar nicht mein Vater ist. Ich kenne deinen Vater doch gar nicht, wird sie sagen. Der lebt doch in Neuseeland, oder? Ja, werde ich mit ruhiger Stimme sagen. Der Mann, von dem ich dachte, er sei mein Vater, lebt in Neuseeland. Der Mann, von dem ich dachte, er habe etwas für mich übrig, auch wenn er das oft zu vergessen schien, ist gar nicht mein Vater, Mira. Ist das nicht ungeheuerlich, Mira? Und wer ist dein Vater, Mascha? Es ist schon spät, hast du was getrunken, Mascha? Ja, Mira, Wodka habe ich getrunken, mit Pjotr, meinem Vater, und Matwej, dem Kumpel meines Vaters. Ist das nicht ungeheuerlich, Mira? Woher weißt du das, Mascha? Der Wolf, Mira. Mascha, lass uns morgen früh telefonieren, wird Mira sagen, und ich werde wieder allein auf dem Bahnsteig stehen und auf den ersten Zug nach Moskau warten. Ein Schnellzug, der mich zum Flughafen bringt. Weg aus dieser Stadt. Aus diesem Land. Einige Zeit später wird ein Mütterchen mit einem Korb Eier zum Bahnsteig kommen. Auch sie muss nach Moskau, ihre Eier verkaufen. Wir haben hier alles, sagt Matwej, aber das Mütterchen bekommt davon nichts mit. Sie sieht, wie alle alles haben, aber sie bekommt davon nichts mit. Wisch dir dein Gesicht, wird sie sagen und mir ein schmutziges Taschentuch reichen. Er ist es nicht wert, wird sie sagen und ihren Kopf wiegen. Sie wird mit ihrer kleinen trockenen Hand meine Wange streicheln, und ich werde ihr erzählen, dass ich hier gelebt habe. Ich bin oft mit meiner Großmutter mit der Bahn nach Moskau gefahren. Sie wird sagen, dass sie meine Großmutter kennt. Die Große Tamara,

die Kommissarin, die Kontakte in den Westen hatte. Die eine Tochter im Westen hatte. Eine Tochter, die das Land verraten hat und mit ihrem Lehrer was hatte. Tamara, die auch beim KGB keine Unbekannte war. Ob ich das gewusst habe, wird sie mich fragen. Nein. Nein? Kindchen, das wusste hier jeder. Die hatte was mit dem Tagelöhner, mit diesem Pjotr. Aber der hatte was mit jeder im Dorf. Bei einer musste er eine Augenklappe tragen, und bei einer anderen hat die Schwester auch mitgemacht. Sie kichert böse, nimmt mir das Taschentuch wieder ab und wischt sich die Augen, die vom kalten Wind tränen. Nach und nach werden andere Fahrgäste in der Dämmerung am Bahnsteig ankommen. Das ist die Enkelin von Tamara. Sie sieht aus wie der Tagelöhner. Die Fahrgäste werden mich umringen und mich von allen Seiten betrachten, sich dann abwenden und auf den Zug warten. Im Zug werde ich mich allein ans Fenster setzen und die Augen schließen, damit mich niemand mehr anspricht. Ich werde denken, dass ich das Haus nicht verkauft habe, dass ich vergeblich nach Russland gefahren bin. Ich habe keine Ahnung, wie man ein Haus verkauft. Ich lebe in einer Mietwohnung. Ich bin nach Hause gefahren, und es ist nichts gewesen als Zeit. Es könnte sein, dass ich im Flugzeug den dicken Ausländer treffe. Ich werde nach einem anderen Sitzplatz verlangen. Ich muss nachdenken.

Das Flugzeug ist leer. Ich würde mich besser fühlen, in einer größeren Gesellschaft zu sterben, falls wir abstürzen. Ein älterer Herr mit seinem Enkel in der Reihe vor mir, einige Geschäftsleute und neben mir ein deutsches Paar, sie in meinem Alter, er etwas älter. Hast du Bescheid gesagt, wann wir ankommen, fragt sie ihn vorwurfsvoll und untersucht dabei ihr Handy, an dem kleine Figuren baumeln. Ja, Rita. Mach dein Handy aus. Herrgott, immer wieder das Gleiche, sagt der Mann und sieht mich entschuldigend an. Rita bemerkt den Blick und lässt von nun an für die gesamte Dauer des Fluges weder ihn noch mich aus den Augen. Sie können sich entspannen, Ihr Mann interessiert mich nicht, denke ich und schließe die Augen. Der kleine Junge in der vorderen Reihe hat sich auf seinen Sitz gekniet und erzählt von seinem Vater, der Flugzeuge baut. Ich verstehe den nicht, sagt Rita. Dann hör doch weg, sagt ihr Mann und blättert weiter in seiner Zeitung. Aber er will was von mir. Sag ihm, dass ich ihn nicht verstehe. Sag ihm, ich verstehe kein Russisch. Er plappert einfach nur vor sich hin, lass ihn doch. Nein, er redet mit mir. Er hat mich etwas gefragt. Herrgott, Rita. Nimm deine Zeitschrift und beachte ihn nicht, dann wird es ihm langweilig. Wo wohnst du, fragt der Junge. Er scheint wirklich nur an Rita interessiert zu sein. Siehst du, er hat mich wieder etwas gefragt, jetzt fasst er mich an. Der Großvater ist eingeschlafen. Er schnarcht leise und hat seinen Kopf an den Sitz gelehnt. Du hast Löcher in den Ohren, Tante, sagt der Junge und bricht in ein helles Lachen aus. Er macht sich über mich lustig, sagt Rita gereizt. Sie nimmt ihrem Mann die Zeitung weg, dabei streift mich eine Ecke, und ich öffne die Augen. Entschuldigen Sie bitte, sagt der Mann, verstehen Sie Russisch? Könnten Sie diesem Jungen sagen, dass er meine Frau in Ruhe lassen soll? Ich schüttele den Kopf und drehe mich weg.

Wir landen pünktlich in Berlin, auch hier ist es kalt. Schneeregen. Meine Kalbslederstiefel habe ich im Kleiderschrank meiner Großmutter gelassen, neben ihren Pantoffeln. Ich hätte das Haus ausräumen müssen und es verkaufen. Beides habe ich nicht gemacht. Dafür habe ich drei Paar Socken an den Füßen und Pjotrs Filzstiefel. Meine Jeans ist in die Stiefel gestopft, und der Mantel der Großen Tamara verströmt einen Hauch von «Belle Époque». In der S-Bahn frierende türkische Jungen, zwei Mütter mit ihren Kinderwagen, aus denen furchtbare Laute kommen, eine Gruppe Schüler im Rattenalter und neben mir eine junge Frau. Sie rückt ein wenig von mir ab. Solche Stiefel hat sie noch nicht gesehen. Am Bahnhof Zoo muss ich umsteigen. Die Regionalbahn nach Nauen fährt in einer Viertelstunde. Ich kaufe mir eine Bratwurst, eine Dose Cola und setze mich auf eine Bank auf dem Bahnsteig. Rutsch mal, sagt ein Mann, der nach Buttersäure riecht und wie ich in einen schweren Mantel gehüllt ist. Ich lasse die Bratwurst fallen. Wie ungeschickt, höre ich meine Großmutter sagen. Er beschmutzt meinen Mantel, Mascha. In diesen Mantel habe ich deine Mutter eingewickelt, wenn es kalt war in Priluki. Eine Schicht Robbenfett auf die Haut, darüber ein Wollhemd, noch zwei Pullover, den Pelz und dann den Mantel. Schon deine Urgroßmutter hat diesen Mantel getragen. Eine Deutsche. Als Kinder haben wir deutsche Lieder mit ihr gesungen. Weihnachten gefeiert. Mit einem Baum, echten Kerzen und Früchtekuchen mit dick Butter. Es war Sommer, als die Bolschewiken sie holten. Er soll ihn nicht schmutzig machen, Mascha. Er soll gehen, seinen Geruch woanders verbreiten, er soll seine Hose wechseln, er soll lieber tot sein als lebendig. Wie kannst du das sagen, Großmutter? Ich kann. Recht schönen Dank, ihr Froschfresser, sagt der Mann, hebt meine Bratwurst auf und isst sie. Mein Zug fährt ein. Ich suche mir einen Fensterplatz in einem Abteil. Der Zug ist wie immer leer. Niemand will ins Havelland. Ich winke Großmutter. Sie sitzt jetzt statt meiner auf der Bank, wendet sich dem verwahrlosten Mann zu, ordnet ihm den Kragen, ordnet ihm das Haar und holt aus ihrer Tasche ein gestärktes Hemd hervor. Sie sieht, wie ihre Enkelin die Nase an die schmutzige Scheibe drückt. Über die Bakterien auf der Scheibe will sie nicht nachdenken. Sie sieht, wie der Mann ein Handy in seine Tasche steckt. Es ist das Handy ihrer Enkelin. Geben Sie her, will sie sagen, Sie Missgeburt, Sie elende! Der Mann stopft sich das letzte Stück Bratwurst in den Mund und humpelt davon. In die Tiefen des Bahnhofs. Tamara sucht den Blick der Menschen auf dem Bahnsteig, aber alle hasten an ihr vorbei. Sie ist es gewohnt, dass man ihr zuhört. Niemand soll an ihr vorbeihasten. Der Zug fährt pünktlich ab. Alles funktioniert. Zum ersten Mal in diesem Winter friere ich nicht. Jetzt ein wenig schlafen. Die Augen schließen, Pjotrs Hand nehmen und schlafen. Die Gedanken ordnen, stillhalten. Lange war ich nicht weg. Ich hätte den Boiler nicht abschalten müssen.

Wie mein Kind wohl aussehen würde? Die Kollegin, die Sport unterrichtet, hat letzte Woche ihr Neugeborenes in die Schule mitgebracht. Die Ratten waren entzückt. Als die Pause schon fast vorbei war, habe auch ich gratuliert. Der Säugling war in ein Tuch gewickelt und sah mich an, als hätte er schon einmal gelebt, als wisse er genau, welches Buch auf meinem Nachttisch liegt und welche dumpfen Rituale ich in meiner kleinen Wohnung entwickelt habe. Willst du ihn mal halten?

Russin, Halbrussin, fast vierzig, unerforschter, aber wohltemperierter und gesunder Körper, studierte Chemikerin und Biologin, Lehrerin mit eigener Wohnung, diskret und wenig geschwätzig, sucht Kindsvater. Geflohen bin ich. Den Schlüssel habe ich auf den Küchentisch gelegt, neben den Zettel: Das Haus gehört dir. Wie großzügig. Große Blasen zerplatzen eine nach der anderen. Wenn eine zusammenfällt, bildet sich schon eine neue.

Wenn ich Mira erzähle, dass ich wieder in Berlin bin, wird sie mich sofort sehen wollen. Du bist wieder da? Alles erledigt? Ich koch dir was, und du kannst bei mir baden. Die Wanne ist geputzt. Danke, Mira. Lass das, Mascha, und zieh dir was Vernünftiges an. Ich verstehe schon, aber es sieht albern aus. In Miras Leben hat alles eine Eindeutigkeit. Wenn etwas nicht schlecht ist, dann ist es gut.

Gleich bin ich da. Ich weiß nicht, ob ich geschlafen habe. Es ist wieder fast dunkel, und wenn der Bus schon weg ist, muss ich ein kleines Stück an der Landstraße entlanggehen und dann quer über das gefrorene Feld zur Klinik. Gut, dass ich die dicken Stiefel habe, auf dem Feld wird noch Schnee liegen. Eine dünne Schneeschicht. Ein Bild in Schwarz-Weiß. Ich werde es mir an die Wand hängen und Schubertlieder hören. Der Bus ist noch nicht weg. Er wartet auf mich. Ich setze mich ganz hinten in die Dorfjugendreihe. Hier wird normalerweise Bier getrunken, laut telefoniert, und manchmal verpassen sie sich gegenseitig eine Tracht Prügel. Hefe in der Birne. Kein Wunder, dass das Land vor die Hunde geht, schimpft der Busfahrer dann. Heute ist außer einem weißhaarigen Paar niemand im Bus. Was hat der Doktor gesagt, fragt die Frau ihren Mann, der aus dem Fenster starrt. Nichts. Aber er muss doch was gesagt haben. Nee. Das nächste Mal komm ich mit rein, Albert. Von mir aus. Ich spüre die Blicke des Fahrers. Heute bin ich ein Oolith. Der fehlt in der Sammlung. Wir halten direkt vor der Klinik. Das Paar steigt aus, und draußen nehmen sie sich fest bei der Hand. Modern, hell und transparent ist das Gebäude. Ich muss in die Abteilung P4. Hier in Nauen ist alles ungesichert, anders als in Falkensee. Vorbei an der Geburtsstation, an der Onkologie. Menschen in Bademänteln, humpelnd, sauer riechend, kommen mir entgegen. Für einige ist das hier eine zeitliche Etappe, andere kündigen ihre Wohnung, schreiben Abschiedsbriefe, gehen zum Beten in die Kapelle im Keller. Hier treffen sie sich alle in Frottee und sind auf ihren Körper zusammengeschrumpft. Hier zeigen sie sich gegenseitig ihre Narben, verscheuchen Ängste, tauschen Joghurt gegen Birne, bis sie wieder aus den Toren hinaus in ihre Welten verschwinden.

Meine Mutter sitzt auf ihrem Bett. Die Beine baumeln. Ich weiß nicht, ob sie mich bemerkt. Auf ihrem Nachtschränkchen Steine und das unberührte Abendessen. Zwei Scheiben Graubrot, Schmierkäse, Schinken, Gurkenscheiben und ein Fruchtjoghurt. Ich hätte ihr kandierte Früchte mitbringen sollen, die isst sie wenigstens. Orangen mit Schale in Zucker. Nächste Woche muss ich ihr die Haare färben, den dunklen Ansatz. Leise gehe ich zum Schrank, nehme ein frisches Nachthemd heraus, lege es auf das Kopfkissen. Sie trägt den pastellfarbenen Nickianzug, den ich ihr zu Weihnachten geschenkt habe. Ich will was Weiches, sagte sie. Ihr Gesicht ist mir zugewandt, geschwollen. Das sind die Tabletten, der Wodka, den sie sich heimlich besorgt. Meine Stiefel hinterlassen Schmutz auf dem grauen Linoleum. Ich muss lüften, die Heizung ein wenig herunterdrehen. Ein Schmetterlingskuss. Schau, was ich dir mitgebracht habe, Mama. Ihre Augen sind geschlossen, sie lächelt. Wie ein Kind liebt sie Überraschungen. Ich halte ihr meine Hand vor die Augen und spüre, wie die Augenlider zittern, die Wimpern zucken. Du hast kalte Finger, Mascha. Verzeih. Sie greift meine Hand und öffnet die Augen. Grau wie das Feld in Nauen. Das Foto an meiner Wand. Schön bist du geworden, Mascha. Du hast angefangen, dich zu schminken, deine Lippen und deine Wimpern. Dein Kleid ist ausgeschnitten. Du trägst einen Büstenhalter, ich kann die Spitze sehen. Schwarze Spitze trägst du. Du trägst Schuhe mit einem kleinen Absatz. Gibt es jemanden? Nein, Mama. Das ist nur so. Für mich. Für dich? Ja, für mich. Nur so. Nimm eine andere Farbe. Dein Lippenstift macht dich zu blass. Hier, nimm meinen. Nein, Mama. Dann musst du dich nicht wundern. Dann sei wie die deutschen Mädchen, so krummrückig ohne Form und Glanz.

Wie geht es dir, Mama? Sie antwortet nicht, hält nur meine Hand weiter fest. Eine Schwester kommt. Essen Sie noch, oder kann ich abräumen? Meine Tochter isst. Also soll ich nicht abräumen? Nein, sage ich. Die Schwester mustert mich, und ihr Blick bleibt bei den Stiefeln hängen. Sie schiebt ihren Servierwagen aus der Tür und verschwindet im Gang.

Was hast du mitgebracht? Jetzt ist sie ganz wach. Ich ziehe Tamaras Mantel aus und lege ihn ihr auf die Schultern. Ihre Hände greifen den Stoff, und für einen Augenblick hebt sie den Kopf und sieht mich an. Sie ist ein Kind. Sie hat einen langen Zopf und Sommersprossen auf der Nase. Sie ist den ganzen Weg von der Schule nach Hause gerannt, die Bücher unterm Arm. Sie wollte nicht zu spät kommen zum Essen. Nicht heute. Nicht, wenn es Tamaras Geburtstagskarpfen gibt. Sie läuft ins Bad, wäscht sich die Hände. Sie riecht den Karpfen im Ofen, die dünne gebackene Fischhaut. Aber Tamara ist nicht da. Sie sucht im ganzen Haus, sieht in jedem Zimmer nach. Vielleicht hat sie sich versteckt. Sie läuft auf den Dachboden, setzt sich auf die Truhe und tritt wütend dagegen. So lange, bis ihr die Hacken wehtun. Wo ist meine Lina, hört sie Tamaras Stimme aus der Küche. Sie läuft wieder nach unten und sieht ihre Mutter, die eine Torte gekauft hat. Unter dem schweren Mantel sieht sie das schwarze, geblümte Festtagskleid. Schnell, geh dir die Hände waschen, sagt Tamara und streichelt ihr zärtlich über die Wange. Du warst weg. Ich hatte noch etwas zu erledigen. Du hast versprochen, dass du da bist, wenn ich komme. Ich bin doch da, Lina. Ich dachte, du bist weg.

Immer dachte sie das Schlimmste, sagt Tamara. Sie steht im Bad vor dem Spiegel. Nach endlosen Diskussionen mit der Klinikleitung hat Mama endlich ein Zimmer mit eigenem Bad bekommen. Ich bin den ganzen Weg gerannt, weil du gesagt hast, ich soll pünktlich sein, der Karpfen könne nicht warten. Ich dachte, ich komme nach Hause und auf dem Tisch stehen Kerzen und Blumen für mich, ich hatte doch Geburtstag. Ich kam nach Hause, an meinem Geburtstag, und niemand war da. Lass es gut sein, Lina. Lass es gut sein.

Bald hast du wieder Geburtstag, Mama, sage ich. Letztes Jahr war ich mit Mira hier. Du mochtest sie.

Wir haben viel gelacht, erinnerst du dich? Wir haben Mühle gespielt, und du hast gewonnen. Bald wird es warm, und wir können zum See. Wir erkämpfen uns einen Platz mit Blick und bestellen gleich drei Stück Kirschkuchen mit Sahne. Was bist du zerzaust, Mascha. Ja. Ich bin etwas erschöpft von der Reise. Aufgedreht wie eine Flamme, noch betrunken von allem. Wo kommst du her? Aus Bykovo.

Ohne Fahrkarte ist sie zum Flughafen gefahren, ruft Tamara durch die halbgeöffnete Badezimmertür. Das russische Geld hat sie nicht ausgegeben, ihren Rucksack hat sie im Haus gelassen. Und nach einer kurzen Pause: Jetzt ist Nachmittag, und Pjotr sitzt in der Küche über deine Notiz gebeugt und raucht Zigaretten. Das Haus gehört dir, hast du ihm geschrieben. Zwanzig Zettel habe ich geschrieben und weggeworfen. Entschuldigung und so etwas. Das muss jetzt sein und so etwas. Aber es ist nicht sein Haus, Mascha, sagt Tamara und kommt aus dem Bad. Ihr Haar ist rot, kurz und wie immer streng zur Seite gekämmt. Sie hat sich umgezogen, sie trägt das geblümte Festtagskleid. Es ist sein Zuhause, sage ich. Tamara lacht hoch auf, verschluckt sich und klopft sich rhythmisch gegen die Brust, als müsse sie die Fülle von Empfindungen niederklopfen, die sie überschwemmen. Mittags wart ihr mit Matwej verabredet. In einem schwarzen Koffer hat er das Geld gebracht, und seine Frau ist auf hohen Absätzen wie ein Storch durch das Haus stolziert. Verstohlen hat sie an den Gardinen gerochen und murmelte ununterbrochen: Irgendwas ist hier faul. Wo ist die Deutsche, Matwej? Ich weiß es nicht, fort. Was heißt fort? Pjotr, wo ist Mascha? Fort. Und das Haus? Sie verkauft es nicht. Also hör mal, Pjotr. Du hättest mir Bescheid sagen können. Pjotr hat die beiden regelrecht aus der Tür geschoben. Mama sortiert ihre Steine. Gefangen in falschen Gedanken. Welche sind die richtigen? Was hat Pjotr dann gemacht, frage ich. Tamara erzählt mit großer Geste. Er hat den Tisch gedeckt für zwei Personen. Er hat Kaffee gekocht, Spiegeleier gebraten und Kochwurst in dicke Scheiben geschnitten. Ich habe mich zu ihm gesetzt. Du hast deine Sachen dagelassen. Das könnte bedeuten, dass du bald wiederkommst. Das hofft er. Als er versucht hat dich anzurufen, ist ein Mann ans Telefon gegangen. Er hat Deutsch gesprochen und war ebenso erstaunt. Er weiß nicht, wer zuerst aufgelegt hat. Der Mann oder er selbst. Ruf sie doch an, habe ich ihm schon früher oft gesagt. Schreib ihr doch. Der Wolf liegt am Ofen und schläft. Es war eine lange Nacht für alle. Sei ehrlich, Pjotr, du hast noch nie einen Brief geschrieben, und dein Abschiedsbrief würde ebenfalls aus höchstens drei Zeilen bestehen. Mehr gibt es auch nicht zu sagen. Das Thermometer vor dem Haus zeigt minus vierzehn Grad. Es wird wieder wärmer. Vorbei die eisigen Temperaturen, die einem den Atem rauben. Morgen soll die Sonne scheinen, morgen wird ein guter Tag, um zum See zu laufen, dort mit der Axt ein Loch in das Eis zu schlagen und die Angel ins Wasser zu tauchen. Später wird er selbst hinunter zu den Fischen steigen. Es wird wehtun, aber sobald er sich aus dem Eis wieder hochgezogen hat, wird sich die Kälte in Wärme verwandeln. Die Haut spannt sich, das Wasser lässt sich leicht abschütteln, und er ist wach, wie schon seit Tagen nicht mehr. Mit schnellen Bewegungen zieht er Hose, Hemd, Pullover und Jacke über die noch feuchte Haut. Vor einigen Jahren wäre er fast ertrunken. Da war plötzlich nur noch die Schwärze des Wassers, die dicke Eisdecke über seinem Kopf, das Loch verschwunden. Aber der Körper kennt sich aus, ist trainiert, kann einiges aushalten. So schnell wird nicht gestorben. Es wäre auch ein guter Tag, um endlich die Treppe zur Veranda zu reparieren. Irgendwann wird sich hier noch jemand den Hals brechen, und dafür will er nicht verantwortlich sein. Er ist etwas nachlässig geworden, aber er ist gut in Form.

Tamara verstummt und geht zu ihrer Tochter, küsst sie auf den Scheitel. Mama hört auf zu atmen. Sie ist ganz still. Tamara will ihre Tochter fragen, wie lange sie schon hier ist, wie lange ihre Haut schon so dünn ist. Lange, sage ich. Ich nehme dich mit nach Hause. Wir streichen dein Zimmer neu. Alle deine Sachen sind noch da. Dein Bett ist frisch bezogen, und das gelbe Kleid habe ich ausgebessert. Es hängt in deinem Schrank. Dort hängen Pjotrs Hemden, will ich dazwischengehen, dort hängt kein gelbes Kleid, an ein gelbes Kleid kann ich mich nicht erinnern. Tamara schaut in die Augen ihres Kindes. Welche Geister wohl in diesem

Köpfchen regieren? Sein Kind sucht man sich nicht aus. Und man kann das Wachstum nicht aufhalten, plötzlich steht da eine Matroschka, ein dickes Kind mit einem Kind im Bauch. Du bist selbst noch ein Kind. Das denkst du! Was wirst du tun? Was soll ich tun? Mach keine Schwierigkeiten, Lina. Nein, Mama. Dein Lehrer steigt dir nach, Lina. Ja. Dann weißt du doch, was du zu tun hast. Ja. Man muss denken, Lina. Ja. Wir kriegen das hin, mach dir keine Sorgen, wildes Mädchen, willst alles auf einmal. Wenn man so schön ist wie du, muss man auf einiges gefasst sein. Tamara nimmt die Hand ihrer Tochter und zieht mit dem Zeigefinger die Linien der Handinnenfläche nach wie eine Wahrsagerin.

Zeigst du mir Berlin, Mascha? Sie geht zum Kleiderschrank. Hat deine Mutter keine andere Kleidung? Wir wollen ausgehen. Nein, sie trägt nur diese weichen Anzüge. Auch gut, ich will mit meiner Tochter und meiner Enkelin ausgehen. Was willst du mir zuerst zeigen, Mascha? Ich glaube, du lässt uns jetzt lieber allein, Großmutter, sage ich. Sie nimmt wieder die Hand ihrer Tochter und drückt sie an die Lippen. Sie riecht die Buntstifte, die Bonbons, den Kinderschweiß, Seife, Desinfektionsmittel. Ich muss ihr die Nägel schneiden, sagt sie. Das mache ich. Ich kann nichts mehr tun, Mascha? Nein. Großmutter weint ein wenig, weil sie sich fremd fühlt hier. Und weil ihre Zeit vorbei ist, und überhaupt, weil immer etwas vergeht. Du kannst zum Fernsehturm fahren, von dort aus siehst du ganz Berlin, sage ich. Es gibt Berge, Täler und einen Wasserfall. Auch Haselnusssträucher, Palmen, Weißbuchen, Kiefern, Eichen, aber keine Birken. Einen Zirkus am Stadtrand. Ein spuckendes Lama, einen Clown, Seiltänzer, vielleicht einen Löwen. Du hangelst dich von Schild zu Schild in Richtung Zentrum. Ein schönes Stück, wirst du denken, aber keine Sorge, in Berlin wird es nicht dunkel. Es gibt reichlich Feuerstellen, Maultiere, Schutzhütten. Die Menschen hier sind heiter und aufmerksam, du kannst sie immer ansprechen. Vielleicht hast du Glück, und jemand nimmt dich in seinem Wagen mit. Telefonmasten und Zaunpfähle ziehen an dir vorüber, und wenn du dich beeilst, kommst du noch rechtzeitig zur Marsmission. Dein Raumschiff wartet auf der Bergspitze, in den Wolken. Du fährst mit der Seilbahn hoch. Die ist sicher, da muss man keine Angst haben. Denk an den Kosmos. Erinnere dich an Laika, die ausgestopft auf dem Schreibtisch deines Vorgesetzten stand. Jetzt musst du lachen. Ich muss auch immer lachen, wenn ich an Laika denke. Oder an Ptscholka, Muschka und Belka. Schon seltsam, dass die große sowjetische Raumfahrt ihre tierischen Kundschafter im Kosmos Bienchen, Mottchen und Eichhörnchen genannt hat. Das Raumschiff für die Mission, du hast es gebaut. Dank deiner Erfindungsgabe, Großmutter, werden Menschen zum Mars fliegen. Sie werden im Raumschiff schlafen und wohnen, das ist der Sportraum, die Badewanne, das Kaminzimmer. Jetzt ist es so weit. Es heißt, die Sonne belebe das Weltall. Den Mars hast du längst hinter dir gelassen. Damals, als ich dir vom Dachboden erzählte, hast du mir nicht geglaubt. Für Spinnereien habe ich keine Zeit, Mascha, hast du gesagt, und ich war wütend auf dich. Du hattest unrecht. Hör auf, im Schrank zu wühlen. Du findest nichts. Lina kommt nicht mit. Du siehst doch, sie ist ganz still geworden, dein Kind, deine Lina. Und, Großmutter, entschuldige, dass ich nicht zu deiner Beerdigung gekommen bin. Da war … entschuldige, ich habe vergessen, was da war.

Ich muss das Fenster wieder schließen, es wird zu kalt. Meine Mutter ist eingeschlafen, eingewickelt in den Mantel. Draußen ist es jetzt dunkel, und ich lege mich zu ihr. Wir haben keine andere Zeit als diese. Heute werde ich hierbleiben. Atemzüge zählen. Brot mit Schmierkäse essen. Vielleicht in den Fernsehraum gehen und mir eine Sendung ansehen, wieder zurückkommen, wieder Atemzüge zählen und einschlafen. Traumlos schlafen und ihre Hand halten. Neben meiner Mutter einschlafen und morgen wieder neben ihr aufwachen.

Für ihre Unterstützung bei der Entstehung dieses Buches danke ich Christiane Hauch, Henning Fritsch und Michael Wildenhain.

MIX
Papier aus verantwortungsvollen Quellen
FSC® C083411

Das für dieses Buch verwendete FSC®-zertifizierte Papier *Munkenprint Cream* liefert Arctic Paper Munkedals, Schweden.